CME-K
2nd Edition

Workbook 練習冊

繁體版

輕鬆學漢語
少兒版

CHINESE
MADE
EASY

FOR KIDS

2

Joint Publishing (H.K.) Co., Ltd.
三聯書店（香港）有限公司

Yamin Ma

Chinese Made Easy for Kids (Workbook 2) (Traditional Character Version)

Yamin Ma

Editor	Hu Anyu, Li Yuezhan
Art design	Arthur Y. Wang, Yamin Ma
Cover design	Arthur Y. Wang, Zhong Wenjun
Graphic design	Zhong Wenjun
Typeset	Sun Suling

Published by

JOINT PUBLISHING (H.K.) CO., LTD.

20/F., North Point Industrial Building,

499 King's Road, North Point, Hong Kong

Distributed by

SUP PUBLISHING LOGISTICS (H.K.) LTD.

16/F., 220-248 Texaco Road, Tsuen Wan, N.T., Hong Kong

First published October 2005

Second edition, first impression, April 2015

Second edition, fifth impression, August 2024

E-mail:publish@jointpublishing.com

輕鬆學漢語 少兒版 (練習冊二) 〔繁體版〕

編　著	馬亞敏	
責任編輯	胡安宇	李玥展
美術策劃	王　宇	馬亞敏
封面設計	王　宇	鍾文君
版式設計	鍾文君	
排　版	孫素玲	
出　版	三聯書店（香港）有限公司	
	香港北角英皇道 499 號北角工業大廈 20 樓	
發　行	香港聯合書刊物流有限公司	
	香港新界荃灣德士古道 220-248 號 16 樓	
印　刷	中華商務彩色印刷有限公司	
	香港新界大埔汀麗路 36 號 14 字樓	
版　次	2005 年 10 月香港第一版第一次印刷	
	2015 年 4 月香港第二版第一次印刷	
	2024 年 8 月香港第二版第五次印刷	
規　格	大 16 開（210 × 260mm）144 面	
國際書號	ISBN 978-962-04-3692-5	

© 2005, 2015 三聯書店（香港）有限公司

CONTENTS

第一課 你住在哪兒

1 Trace the radicals.

丨 冂 口						
口 enclosure	口	口	口	口		

丶 丷 口 卩 卩 𧾷 足						
（足） foot **𧾷**	𧾷	𧾷	𧾷	𧾷		

一 ㄒ 丆 石 石						
stone **石**	石	石	石	石		

2 Trace the characters.

丿 二 千 千 舌 舌						
shé tongue **舌**	舌	舌	舌	舌		

一 丆 п 立 旦 豆 豆						
dòu bean **豆**	豆	豆	豆	豆		

3 Read and match.

nǐ jiā zhù zài nǎr
1) 你家住在哪兒？

nǐ jǐ suì
2) 你幾歲？

nǐ jiā de diànhuà hào mǎ
3) 你家的電話號碼
shì duō shao
是多少？

qī suì
a) 七歲。

hàn gāo lù shí hào
b) 漢高路十號。

èr qī liù yī
c) 二七六一
jiǔ sān líng wǔ
九三〇五。

4 Fill in the missing numbers.

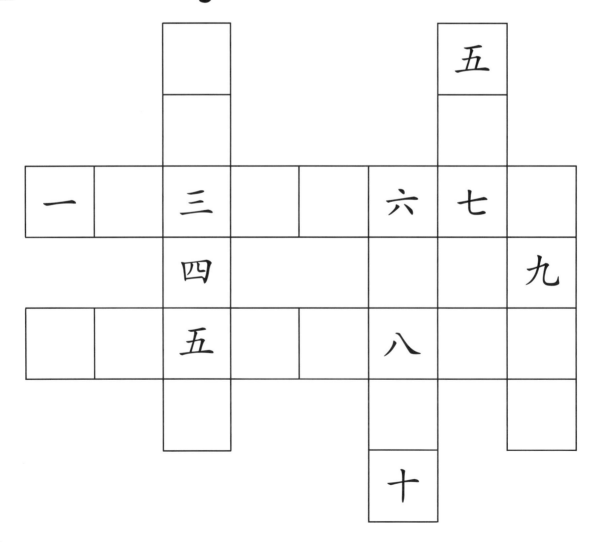

5 Write the numbers in Chinese.

①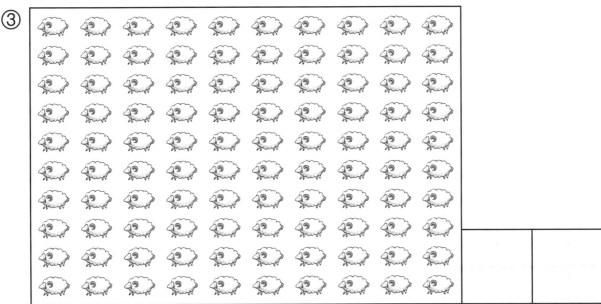

十　六

②

③

④

6 Connect the numbers.

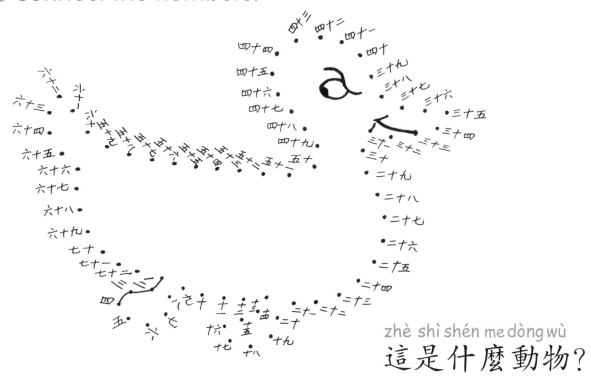

zhè shì shén me dòng wù
這是什麼動物?

7 Circle the words as required.

diàn 電	huà 話	hào 號	mǎ 碼	yù 浴
shì 視	nǎo 腦	yī 衣	guì 櫃	shì 室
běn 本	shū 書	yǐ 椅	zi 子	kè 客
bāo 包	zhuō 桌	fáng 房	jiān 間	tīng 廳

1) chair ✓
2) bathroom
3) wardrobe
4) study room
5) school bag
6) living room
7) telephone number
8) television
9) computer
10) desk
11) room

4

8 **Answer the questions. You may write pinyin if you cannot write characters.**

nǐ jiā yǒu jǐ kǒu rén
1) 你家有幾口人？

nǐ de fáng jiān li yǒu diàn nǎo ma
2) 你的房間裏有電腦嗎？

_____

_____

nǐ jǐ suì
3) 你幾歲？

nǐ jiā de diàn huà hào mǎ shì duō shao
4) 你家的電話號碼是多少？

_____

_____

9 **Connect the matching words.**

cǎi sè
1) 彩色 ●———● a) 筆
bǐ

wén jù
2) 文具 ●   ● b) 路
lù

diàn huà
3) 電話 ●   ● c) 汁
zhī

huā yuán
4) 花園 ●   ● d) 盒
hé

píng guǒ
5) 蘋果 ●   ● e) 號碼
hào mǎ

10 **Write the radicals.**

guó
1) 國 → 口

cài
2) 菜 →

lù
3) 路 →

fáng
4) 房 →

mǎ
5) 碼 →

11 Draw your friend's house/apartment and colour in the picture.

┌─────────────────────────┐
│   │
│   │
│   │
│   │
│   │
│   │
│   │
│   │
│   │
└─────────────────────────┘

1) 他/她家的電話號碼：

　　tā　tā jiā de diàn huà hào mǎ

_____

2) House/Apartment number:

_____

12 Trace the characters.

ノ イ イ 仁 伫 住 住 住						
zhù live	住	住	住	住	住		

一 ナ 才 右 在 在						
zài in; on; at	在	在	在	在	在		

丶 口 口 呈 𧾷 𧾷 𧾷 跙 跙 跁 政 政 路 路						
lù road; street	路	路	路	路	路		

一 丆 丆 丆 丆 百 百

| bǎi hundred | 百 | | | | | | |

丶 冂 口 吕 号 号 号 号 虓 虓 號 號 號

| hào ordinal number | 號 | | | | | | |

丶 亠 宁 主 言 言 言 言 訐 訏 話 話

| huà word; talk | 話 | | | | | | |

一 丆 丆 石 石 石 矿 矿 矿 碎 碼 碼 碼 碼

| mǎ number | 碼 | | | | | | |

丨 冂 口 叮 叮 吁 哫 哫 哪 哪

| nǎ which; what | 哪 | | | | | | |

丶 彳 彳 白 白 白 兒 兒

| ér a suffix | 兒 | | | | | | |

丿 夕 夕 多 多 多

| duō many; much | 多 | | | | | | |

J 小 小 少							
shǎo few; little	少	少	少	少	少		

13 **Fill in the blanks with numbers.**

wǒ jiā yǒu　　　kǒu rén
1) 我家有＿＿＿口人。

wǒ　　　suì
2) 我＿＿＿歲。

wǒ jiā de diàn huà hào mǎ shì
3) 我家的電話號碼是＿＿＿＿＿＿＿＿＿＿。

wǒ jiā yǒu　　　jiān wò shì
4) 我家有＿＿＿間卧室。

wǒ yǒu　　　ge shū bāo
5) 我有＿＿＿個書包。

wǒ men xué xiào yǒu　　　ge lǎo shī
6) 我們學校有＿＿＿＿＿＿個老師。

14 **Write the numbers in Chinese.**

1) 18 ＿＿十八＿＿　　　2) 25 ＿＿＿＿＿＿　　　3) 34 ＿＿＿＿＿＿

4) 70 ＿＿＿＿＿＿　　　5) 62 ＿＿＿＿＿＿　　　6) 89 ＿＿＿＿＿＿

8

15 Write a few sentences about this picture. You may write pinyin if you cannot write characters.

_____

_____

_____

第二課 我愛家人

1 Trace the radical.

⺍ ⺍ ⺍ ⺥							
（爪） ⺥ claw	⺥						

2 Trace the characters.

⁻ 厂 广 庁 皮							
pí 皮 leather	皮	皮	皮	皮	皮		
丶 亠 㐄 㐅 衣 衣							
yī 衣 clothes	衣	衣	衣	衣	衣		

3 Count the strokes of each character.

xiōng
1) 兄 ___5___

ài
2) 愛 _____

nǎi
3) 奶 _____

yě
4) 也 _____

gū
5) 姑 _____

shū
6) 叔 _____

4 **Read the sentences and draw pictures.**

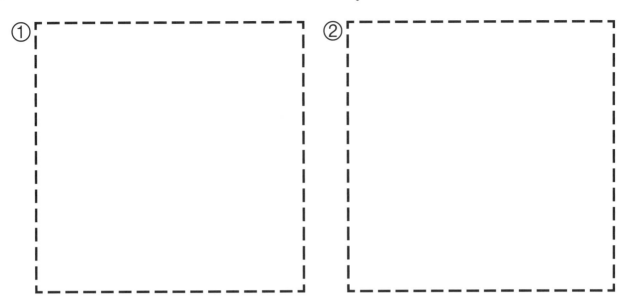

①

wǒ jiā yǒu sì kǒu rén　　bà ba
我家有四口人：爸爸、
mā ma　　dì di hé wǒ
媽媽、弟弟和我。

②

wǒ yǒu yí ge shū shu hé liǎng ge
我有一個叔叔和兩個
gū gu
姑姑。

5 **Circle the correct words.**

wǒ
1) 我（叔叔/對對）二十八歲。
　　　　　　　　　　èr shí bā suì

yé ye　　nǎi nai　　　　　hěn ài wǒ
2) 爺爺、奶奶（和/都）很愛我。

nǐ jiā zhù zài　　　　　　li
3) 你家住在（那/哪）裏？

jiě jie xǐ huan　　　　sè
4) 姐姐喜歡（白/百）色。

6 Highlight the words as required.

shū shu 叔叔	bái mǎ 白馬	yé ye 爺爺	xiàng pí 橡皮	chèn shān 襯衫
hēi gǒu 黑狗	xù shān T恤衫	dà xiàng 大象	qiān bǐ 鉛筆	gē ge 哥哥
mā ma 媽媽	chǐ zi 尺子	gū gu 姑姑	bà ba 爸爸	xiǎo māo 小貓
yǎn jing 眼睛	cǎi sè bǐ 彩色筆	mèi mei 妹妹	cháng kù 長褲	jiě jie 姐姐
nǎi nai 奶奶	qún zi 裙子	bí zi 鼻子	dì di 弟弟	zuǐ ba 嘴巴

1) Family members: 黃色

2) Animals: 綠色

3) Stationery: 紫色

4) Clothes: 藍色

5) Parts of the body: 紅色

7 Draw the structure of each character.

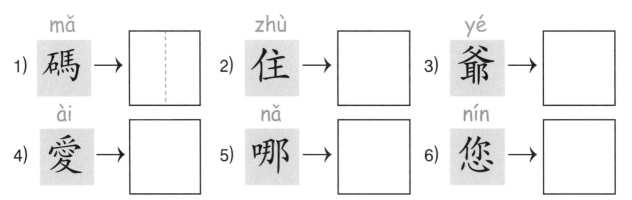

1) mǎ 碼 →

2) zhù 住 →

3) yé 爺 →

4) ài 愛 →

5) nǎ 哪 →

6) nín 您 →

8 Fill in the missing numbers.

一			四					九

9 Look, read and match. Write the letters.

f	1) shū bāo li yǒu shū hé qiān bǐ 書包裏有書和鉛筆。		4) zhè shì yī guì 這是衣櫃。
	2) zhè shì wén jù hé 這是文具盒。		5) zhè shì shū bāo 這是書包。
	3) zhè shì zhuō zi 這是桌子。		6) zhè shì yǐ zi 這是椅子。

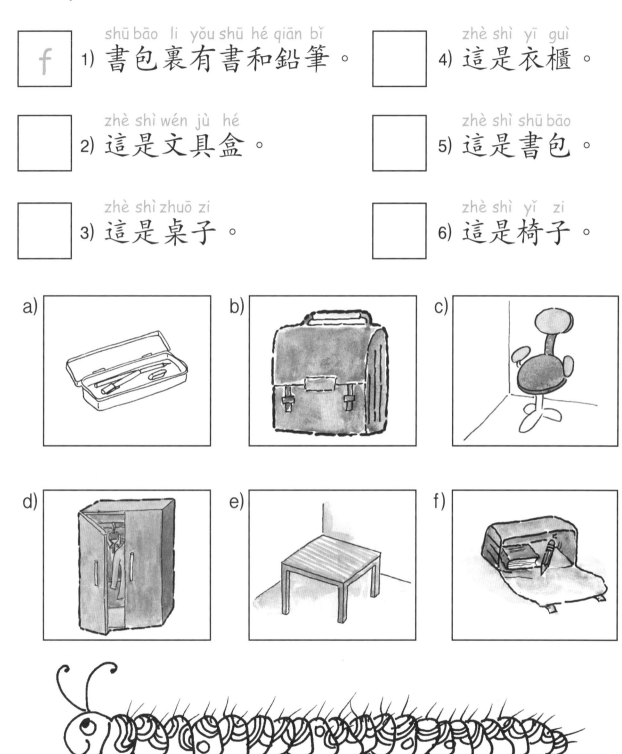

a)

b)

c)

d)

e)

f)

10 Write the meaning of each sentence.

1) 爺爺、奶奶愛我，我也愛他們。
<small>yé ye　　nǎi nai ài wǒ　　wǒ yě ài tā men</small>

2) 我們家住在花園路，姑姑家也住在花園路。
<small>wǒ men jiā zhù zài huā yuán lù　　gū gu jiā yě zhù zài huā yuán lù</small>

3) 叔叔喜歡吃快餐，我也喜歡吃快餐。
<small>shū shu xǐ huan chī kuài cān　　wǒ yě xǐ huan chī kuài cān</small>

11 Trace the characters.

丶 冖 口 口 尸 兄							
xiōng elder brother 兄							
丿 八 父 父 父 爷 爷 爷 斧 斧 爷 爺 爺							
yé father's father 爺							
く 女 女 奶 奶							
nǎi father's mother 奶							
丨 卜 上 才 才 赤 叔 叔							
shū father's brother 叔							

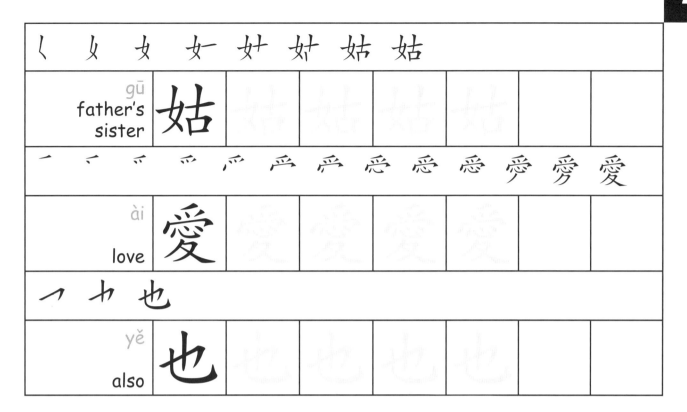

| | gū
father's
sister | 姑 | | | | | | |

| | ài
love | 愛 | | | | | | |

| | yě
also | 也 | | | | | | |

12 **Colour in the male words blue and female words pink.**

yé ye 爺爺	gē ge 哥哥
gū gu 姑姑	dì di 弟弟
nǎi nai 奶奶	mā ma 媽媽
shū shu 叔叔	mèi mei 妹妹
bà ba 爸爸	jiě jie 姐姐

13 **Fill in the blanks with characters to make phrases.**

1)

廚
書 房

2)

色

3)

生

4)

子

第三課 妹妹的生日

1 Trace the characters.

、 丷 少 火						
huǒ fire	火					

㇒ 冂 巾						
jīn towel	巾					

2 Write the radicals.

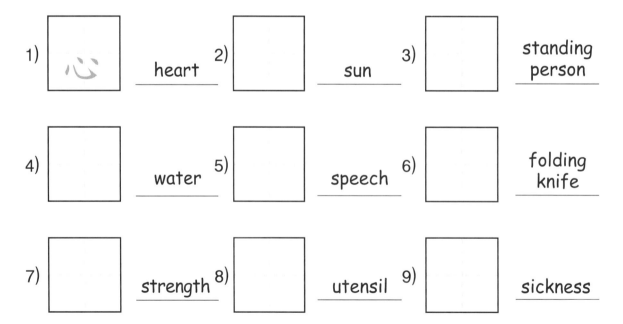

1) 心　heart

2)　　sun

3)　　standing person

4)　　water

5)　　speech

6)　　folding knife

7)　　strength

8)　　utensil

9)　　sickness

16

3 **Write the months in Chinese.**

① January — 一 月

② February

③ March

④ April

⑤ May

⑥ June

⑦ July

⑧ August

⑨ September

⑩ October

⑪ November

⑫ December

4 **Write the radicals.**

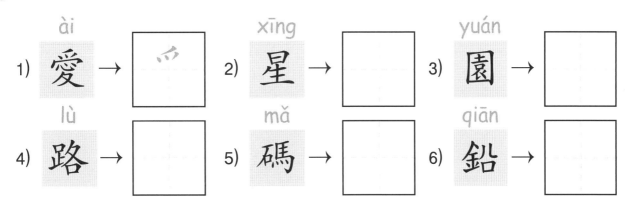

1) 愛 (ài) →

2) 星 (xīng) →

3) 園 (yuán) →

4) 路 (lù) →

5) 碼 (mǎ) →

6) 鉛 (qiān) →

5 **Draw a birthday cake and write your birthday in Chinese.**

_____年 ^nián

_____月 ^yuè

_____日 ^rì

6 **Write their birthdays in Chinese.**

1) 爺爺的生日： ^yé ^ye ^de ^shēng ^rì _____年 ^nián 月 ^yuè 日 ^rì

2) 奶奶的生日： ^nǎi ^nai ^de ^shēng ^rì _____

3) 爸爸的生日： ^bà ^ba ^de ^shēng ^rì _____

4) 媽媽的生日： ^mā ^ma ^de ^shēng ^rì _____

7 **Write the characters.**

1) shé 舌 tongue

2) dòu bean

3) pí leather

4) yī clothes

5) huǒ fire

6) jīn towel

18

8 Write the months and dates in Chinese.

1)
January 1

一月一日

2)
February 5

_____

3)
March 8

_____

4)
October 20

_____

5)
December 25

_____

6)
June 14

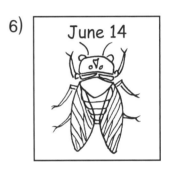

_____

9 Draw these animals and colour them in.

①

gǒu
狗

②

mǎ
馬

③

tù
兔

10 Tick what is correct and cross what is incorrect according to the calendar below.

二〇一四年						五月
星期日	星期一	星期二	星期三	星期四	星期五	星期六
				1	2	3
4	5	6	7	8	9	10
11	12	13	⑭ 今天	15	16	17
18	19	20	21	22	23	24
25	26	27	28	29	30	31

☐ jīn nián shì èr líng yī sì nián
1) 今年是二〇一四年。

☐ jīn tiān wǔ yuè èr shí yī hào
2) 今天五月二十一號。

☐ jīn tiān xīng qī sān
3) 今天星期三。

11 Circle the wrong characters.

bà ba xǐ huan bái sè
1) 爸爸喜歡⑲色。

jīn tiān xīng qī rì
2) 今大星期日。

wǒ méi yǒu xiōng dì jiě mèi
3) 我沒有兒弟姐妹。

mèi mei èr líng yī èr nián chū shēng
4) 妹妹二〇一二年出王。

12 Colour in the pictures as required.

①

②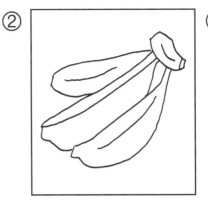

③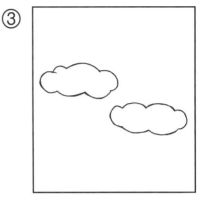

hóng sè
紅色

huáng sè
黃色

lán sè　　bái sè
藍色、白色

④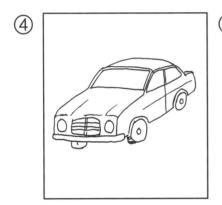

⑤

hēi sè
黑色

hēi sè　　bái sè
黑色、白色

13 Answer the questions by drawing pictures.

1) nǐ shǔ shén me
你屬什麼？

2) nǐ bà ba shǔ shén me
你爸爸屬什麼？

14 **Tick what is correct and cross what is incorrect according to yourself.**

☐ 1) 我屬兔。 wǒ shǔ tù

☐ 2) 我出生那天是星期一。 wǒ chū shēng nà tiān shì xīng qī yī

☐ 3) 我四月出生。 wǒ sì yuè chū shēng

☐ 4) 我沒有兄弟姐妹。 wǒ méi yǒu xiōng dì jiě mèi

15 **Trace the characters.**

フ コ 尸 尸 尸 尸 尸 屏 屏 屏 屬 屬 屬 屬 屬 屬 屬 屬 屬 屬 屬 屬

shǔ be born in the year of (one of the 12 zodiac animals)	屬						

ノ ク ク 刍 刍 刍 兔 兔

tù rabbit	兔						

ノ 느 느 느 年

nián year	年						

丿 几 月 月

yuè month	月						

乚 屮 屮 出 出

chū go or come out	出						

丁 刁 刁 用 那ˊ 那ˋ 那

| | nà
that | 那 | 那 | 那 | 那 | 那 | | |

一 二 チ 天

| | tiān
day | 天 | 天 | 天 | 天 | 天 | | |

丶 冂 日 日 尸 旦 早 星 星

| | xīng
star | 星 | | | | | | |

一 十 卄 卄 甘 其 其 其 期 期 期 期

| | qī
a period of
time | 期 | 期 | 期 | 期 | 期 | | |

丿 人 今 今

| | jīn
today | 今 | 今 | 今 | 今 | 今 | | |

丨 冂 月 日

| | rì
day | 日 | 日 | 日 | 日 | 日 | | |

dì sì kè　dòng wù yuán

第四課 動物園

1 Trace the radicals.

丿 小 小							
small 小							

一 十 土							
soil 土							

⺊ 上 卢 卢 虍							
tiger 虍							

2 Trace the characters.

一 一 一 日 日 豆 豆 豆 豆 豇 頭 頭 頭 頭 頭 頭						
tóu head 頭						

一 二 三 手						
shǒu hand 手						

3 Draw pictures and colour them in.

EXAMPLE:

mǎ de tóu
馬的頭

①

hóu zi de zuǐ ba
猴子的嘴巴

②

dà xiàng de bí zi
大象的鼻子

③

lǎo hǔ de ěr duo
老虎的耳朵

④

shé de tóu
蛇的頭

⑤

shī zi de tóu
獅子的頭

⑥

xióng māo de yǎn jing
熊貓的眼睛

4 Count the strokes of each character.

cháng
1) 常 _____

dài
2) 帶 _____

qù
3) 去 _____

hǔ
4) 虎 _____

shī
5) 獅 _____

xióng
6) 熊 _____

5 Write the characters.

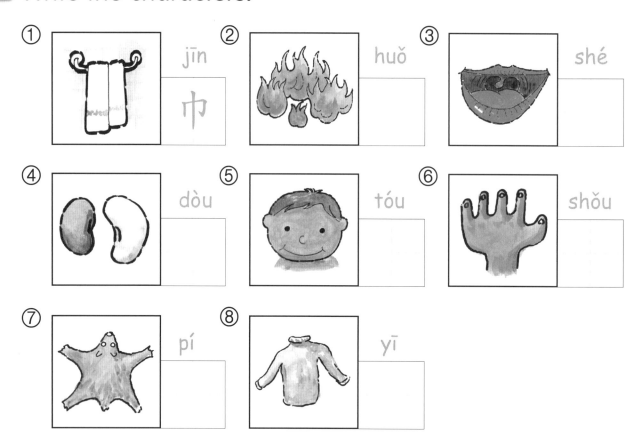

① jīn 巾

② huǒ

③ shé

④ dòu

⑤ tóu

⑥ shǒu

⑦ pí

⑧ yī

6 Tick what is correct and cross what is incorrect.

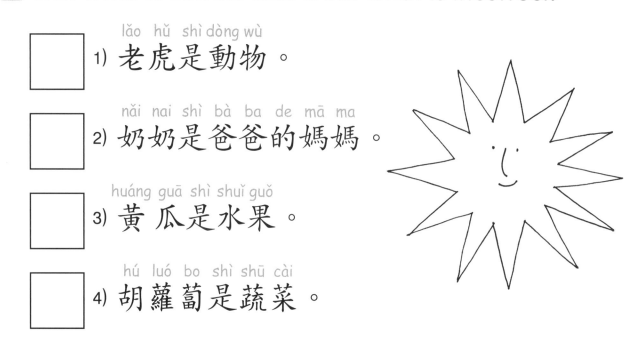

1) lǎo hǔ shì dòng wù
老虎是動物。

2) nǎi nai shì bà ba de mā ma
奶奶是爸爸的媽媽。

3) huáng guā shì shuǐ guǒ
黃瓜是水果。

4) hú luó bo shì shū cài
胡蘿蔔是蔬菜。

26

7 Write the radicals.

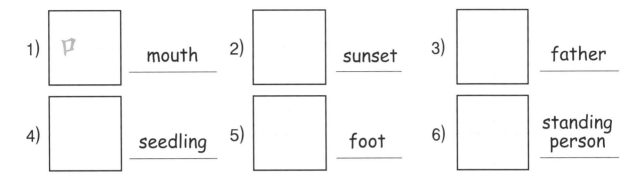

1) 口 ____ mouth

2) ____ sunset

3) ____ father

4) ____ seedling

5) ____ foot

6) ____ standing person

8 Draw the animals below and colour in the pictures.

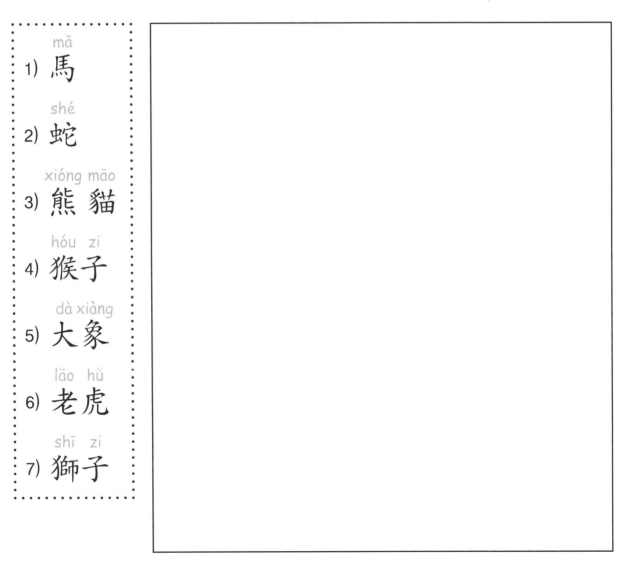

1) mǎ 馬

2) shé 蛇

3) xióng māo 熊貓

4) hóu zi 猴子

5) dà xiàng 大象

6) lǎo hǔ 老虎

7) shī zi 獅子

9 Highlight the words as required.

píng guǒ 蘋果	hóu zi 猴子	wò shì 卧室	huáng guā 黃瓜	hēi gǒu 黑狗
tù zi 兔子	luó bo 蘿蔔	dà xiàng 大象	chú fáng 廚房	yé ye 爺爺
lǎo hǔ 老虎	rè gǒu 熱狗	shī zi 獅子	shū shu 叔叔	kè tīng 客廳
shé 蛇	xiāng jiāo 香蕉	shū fáng 書房	xióng māo 熊貓	nǎi nai 奶奶

1) Food: 綠色

2) Rooms: 藍色

3) Animals: 黃色

4) Family members:
紅色

10 Colour in the pictures and write the names of the animals. You may write pinyin if you cannot write characters.

①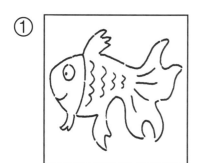

②

③

_____   _____   _____

11 Write the numbers in Chinese.

1) 100 ___一百___

2) 160 _____

3) 200 _____

4) 350 _____

5) 470 _____

6) 900 _____

28

12 Read the sentences, draw pictures and colour them in.

①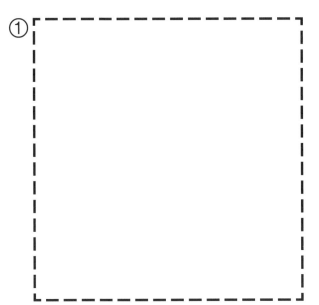

shū bāo li yǒu wén jù hé　　chǐ zi
書包裏有文具盒、尺子
hé běn zi
和本子。

②

cān zhuō shang yǒu xiāng jiāo　　píng
餐桌上有香蕉、蘋
guǒ　　 kě lè hé guǒ zhī
果、可樂和果汁。

③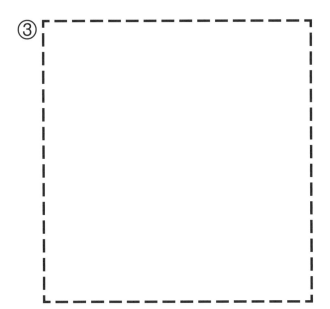

dòng wù yuán li yǒu dà xiàng　　lǎo hǔ
動物園裏有大象、老虎、
shī zi hé xióng māo
獅子和熊貓。

④

wǒ de fáng jiān li yǒu shū zhuō　　yǐ
我的房間裏有書桌、椅
zi　　chuáng hé yī guì
子、牀和衣櫃。

13 Trace the characters.

ノ 小 小 少							
shǎo few; little	少						

一 十 卄 卅 世 世 世 带 带							
dài take	带						

一 十 土 去 去							
qù go	去						

丨 冂 冂 門 冃 囲 周 周 围 園 園 園 園							
yuán garden	園						

ノ 犭 犭 犭 犭 犷 狰 狰 猝 猴 猴							
hóu monkey	猴						

丨 卜 上 卢 卢 虍 虎 虎							
hǔ tiger	虎						

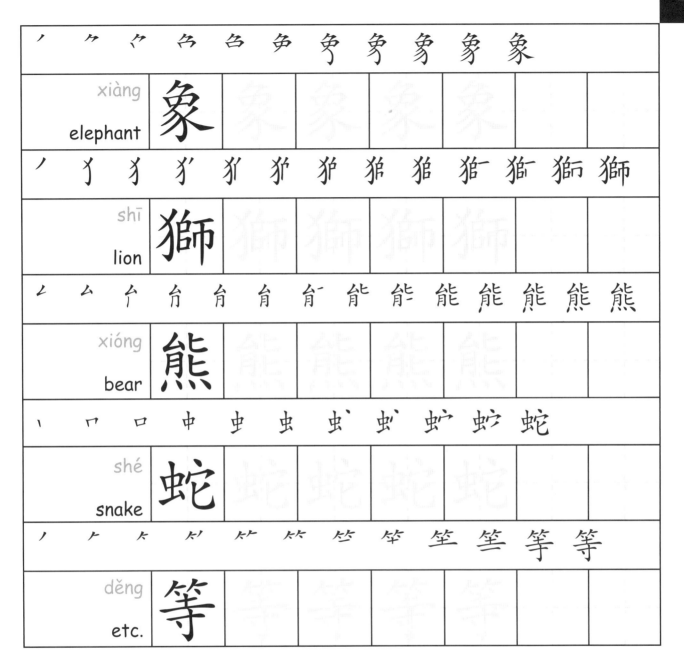

ノ	㇠ ㇠ ㇠ 叴 呂 夅	奂	象	象	象	象
xiàng / elephant	象					
ノ	丬 犭 犭 犭 犭 狆 狆 狆 狮 獅 獅					
shī / lion	獅					
㇄ ㇄ 台 台 台	育 育 能 能 能 能 熊 熊					
xióng / bear	熊					
丶 丷 口 口 中	虫 虫 虫 虫 虵 蛇 蛇					
shé / snake	蛇					
ノ ㇒ ㇒ ㇒ 竹 竹 竹 笁 笁 笁 等 等						
děng / etc.	等					

14 Fill in the blanks with characters to make phrases.

1)

老	虎
師	

2)

	子

3)

電	

4)

	生

1 Trace the characters.

		一	厂	仄	厸	巫	來	來	來
lái come	來	來	來	來	來		

		一	十	土	去	去			
qù go	去	去	去	去	去		

2 Colour in the pictures and write the colour words in pinyin.

①

_____

_____

shū bāo
書包

②

_____

_____

tài yáng   shuǐ
太陽、水
sun

32

③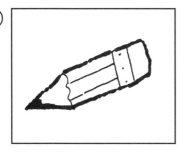

qiān bǐ
鉛筆

_____

_____

④

dòng wú yuán
動 物 園

māo gǒu mǎ xióng māo niú jī
貓、狗、馬、熊 貓、牛、雞
cow chicken

_____

_____

_____

_____

_____

⑤

xiǎo mù wū
小木屋
house

_____

_____

3 Fill in the blanks with numbers.

1) jīn nián shì nǎ nián　jīn nián shì　　　　　nián
   今年是哪年？今年是＿＿＿＿＿＿年。

2) jīn tiān jǐ yuè jǐ hào　jīn tiān　　　yuè　　　hào
   今天幾月幾號？今天＿＿＿月＿＿＿號。

3) jīn tiān xīng qī jǐ　jīn tiān xīng qī
   今天星期幾？今天星期＿＿＿。

4 Write the radicals.

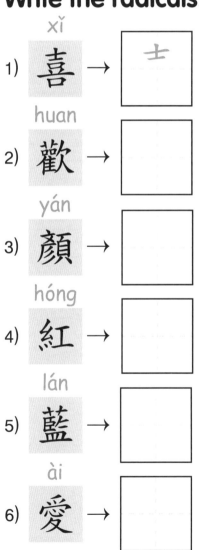

1) xǐ 喜 → 士

2) huan 歡 →

3) yán 顏 →

4) hóng 紅 →

5) lán 藍 →

6) ài 愛 →

5 Count the strokes of each character.

1) chéng 橙 ___16___

2) huī 灰 _____

3) zǐ 紫 _____

4) fěn 粉 _____

5) lǜ 綠 _____

6) lán 藍 _____

7) hóu 猴 _____

8) hǔ 虎 _____

9) xiàng 象 _____

10) shī 獅 _____

11) shé 蛇 _____

12) xióng 熊 _____

34

6 **Look around your home. Draw pictures of things to fit into the shapes below and colour them in.**

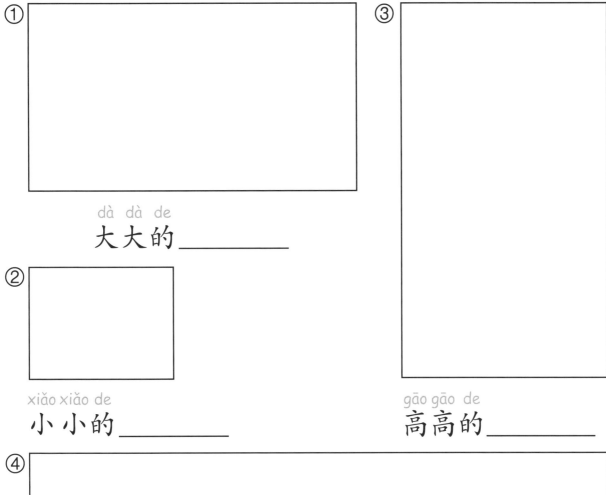

① ③

dà dà de
大大的 _____

②

xiǎo xiǎo de
小小的 _____

gāo gāo de
高高的 _____

④

chángcháng de
長 長 的 _____

7 **Write the numbers in Chinese.**

1) 15 十五 _____

2) 36 _____

3) 47 _____

4) 28 _____

5) 95 _____

6) 100 _____

8 Write the radicals.

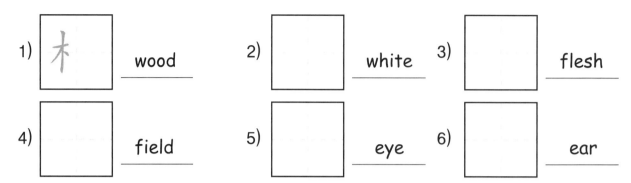

1) 木 _wood_

2) [   ] _white_

3) [   ] _flesh_

4) [   ] _field_

5) [   ] _eye_

6) [   ] _ear_

9 Look, read and match. Write the letters.

a)

1) chéng sè 橙色

b)

2) huī sè 灰色

c)

3) lǜ sè 綠色

4) zǐ sè 紫色

5) zōng sè 棕色

6) huáng sè 黃色

d)

e)

f)

10 **Read the phrases, draw pictures and colour them in.**

①

fěn sè de qún zi
粉色的裙子

②

chéng sè de chènshān
橙色的襯衫

③

zǐ sè de shū bāo
紫色的書包

④

lù sè de shé
綠色的蛇

⑤

huī sè de dà xiàng
灰色的大象

⑥

zōng sè de fáng zi
棕色的房子
house

11 Find the four sentences and highlight them.

① mèi	mei	sān	yuè	huā	yuán	lù	liù	hào
妹	妹	三	月	花	園	路	六	號。 → ①
② nǎi	nai	zhù	zài	shí	wǔ	rì	chū	shēng
奶	奶	住	在	十	五	日	出	生。 → ②
③ dòng	wù	yuán	li	zǐ	sè	hé	lù	sè
動	物	園	裏	紫	色	和	綠	色。 → ③
④ jiě	jie	xǐ	huan	yǒu	wǔ	tóu	dà	xiàng
姐	姐	喜	歡	有	五	頭	大	象。 → ④

12 Trace the characters.

一	广	太	太	灰	灰						

huī grey	灰						

一	十	才	木	朮	朮	柠	柠	柠	棕	棕

zōng brown	棕						

⌐	卜	止	止	止	此	此	紫	紫	紫	紫	紫

zǐ purple	紫						

| | | 一 十 | 才 | 木 | 杧 | 杧 | 杧 | 杯 | 柗 | 榜 | 榜 | 橙 | 橙 | 橙 | 橙 |

| chéng
orange | 橙 | | | | | |
| fěn
pink | 粉 | | | | | |

` ` ` ` ⺀ 半 半 米 米 粉 粉 粉

ㄥ ㄥ ㄥ ㄠ ㄠ 幺 糸 糸 紅 紆 綧 綧 綧 綠 綠

| lù
green | 綠 | | | | | |

13 Highlight the words as required.

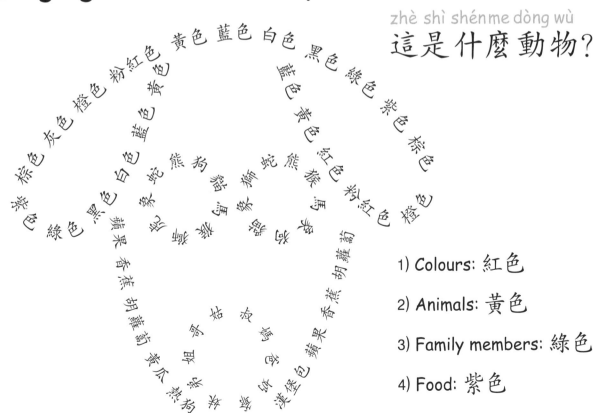

1) Colours: 紅色

2) Animals: 黃色

3) Family members: 綠色

4) Food: 紫色

1 Trace the characters.

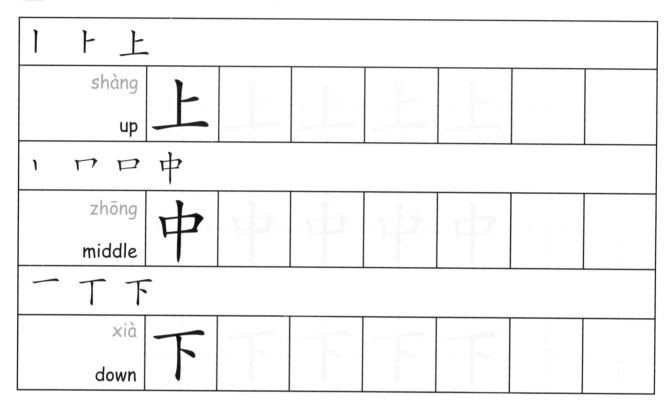

丨　卜　上							
shàng up	上	上	上	上	上		
丨　冂　口　中							
zhōng middle	中	中	中	中	中		
一　丁　下							
xià down	下	下	下	下	下		

2 Write the radicals.

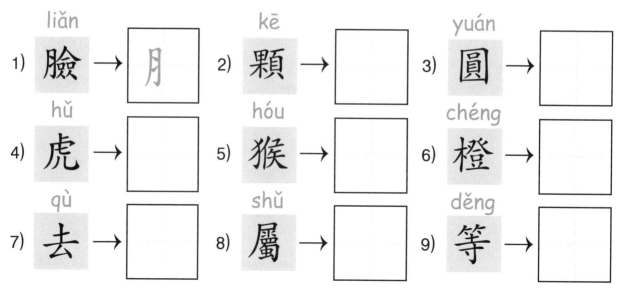

liǎn
1) 臉 → 月

kē
2) 顆 →

yuán
3) 圓 →

hǔ
4) 虎 →

hóu
5) 猴 →

chéng
6) 橙 →

qù
7) 去 →

shǔ
8) 屬 →

děng
9) 等 →

3 **Read the sentences, draw the person and colour in the picture.**

tā shì ge nán shēng
他是個男生。

tā de liǎn yuán yuán de
他的臉圓圓的。

tā de ěr duo dà dà de
他的耳朵大大的。

tā de yǎn jing dà dà de
他的眼睛大大的。

tā de bí zi gāo gāo de
他的鼻子高高的。

tā de zuǐ ba xiǎo xiǎo de
他的嘴巴小小的。

tā yǒu sān kē yá
他有三顆牙。

tā de shǒu xiǎo xiǎo de
他的手小小的。

tā de jiǎo yě xiǎo xiǎo de
他的腳也小小的。

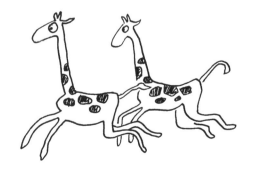

4 Count the strokes of each character.

1) 這 _11_   zhè

2) 學 ____   xué

3) 穿 ____   chuān

4) 裙 ____   qún

5) 瘦 ____   shòu

6) 動 ____   dòng

5 Connect the matching parts to make characters and write them out.

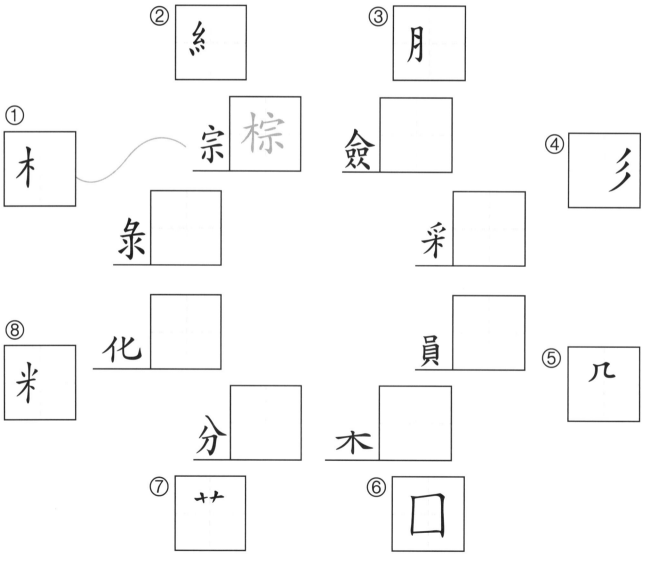

42

6 Read and match.

1) <ruby>你<rt>nǐ</rt></ruby><ruby>弟<rt>dì</rt></ruby><ruby>弟<rt>di</rt></ruby><ruby>有<rt>yǒu</rt></ruby><ruby>幾<rt>jǐ</rt></ruby><ruby>顆<rt>kē</rt></ruby><ruby>牙<rt>yá</rt></ruby>？ ● 　 ● a) <ruby>紫<rt>zǐ</rt></ruby><ruby>色<rt>sè</rt></ruby>。

2) <ruby>你<rt>nǐ</rt></ruby><ruby>喜<rt>xǐ</rt></ruby><ruby>歡<rt>huan</rt></ruby><ruby>什<rt>shén</rt></ruby><ruby>麼<rt>me</rt></ruby><ruby>顏<rt>yán</rt></ruby><ruby>色<rt>sè</rt></ruby>？ ● 　 ● b) <ruby>四<rt>sì</rt></ruby><ruby>顆<rt>kē</rt></ruby>。

3) <ruby>你<rt>nǐ</rt></ruby><ruby>常<rt>cháng</rt></ruby><ruby>常<rt>cháng</rt></ruby><ruby>去<rt>qù</rt></ruby><ruby>動<rt>dòng</rt></ruby><ruby>物<rt>wù</rt></ruby><ruby>園<rt>yuán</rt></ruby><ruby>嗎<rt>ma</rt></ruby>？ ● 　 ● c) <ruby>不<rt>bù</rt></ruby><ruby>常<rt>cháng</rt></ruby><ruby>去<rt>qù</rt></ruby>。

4) <ruby>你<rt>nǐ</rt></ruby><ruby>家<rt>jiā</rt></ruby><ruby>住<rt>zhù</rt></ruby><ruby>在<rt>zài</rt></ruby><ruby>哪<rt>nǎr</rt></ruby><ruby>兒<rt></rt></ruby>？ ● 　 ● d) <ruby>沒<rt>méi</rt></ruby><ruby>有<rt>yǒu</rt></ruby>。

5) <ruby>你<rt>nǐ</rt></ruby><ruby>有<rt>yǒu</rt></ruby><ruby>兄<rt>xiōng</rt></ruby><ruby>弟<rt>dì</rt></ruby><ruby>姐<rt>jiě</rt></ruby><ruby>妹<rt>mèi</rt></ruby><ruby>嗎<rt>ma</rt></ruby>？ ● 　 ● e) <ruby>花<rt>huā</rt></ruby><ruby>園<rt>yuán</rt></ruby><ruby>路<rt>lù</rt></ruby>。

7 Circle the words as required.

<ruby>鼻<rt>bí</rt></ruby>	<ruby>子<rt>zi</rt></ruby>	<ruby>圓<rt>yuán</rt></ruby>	<ruby>臉<rt>liǎn</rt></ruby>	<ruby>可<rt>kě</rt></ruby>
<ruby>棕<rt>zōng</rt></ruby>	<ruby>紫<rt>zǐ</rt></ruby>	<ruby>橙<rt>chéng</rt></ruby>	<ruby>老<rt>lǎo</rt></ruby>	<ruby>愛<rt>ài</rt></ruby>
<ruby>灰<rt>huī</rt></ruby>	<ruby>色<rt>sè</rt></ruby>	<ruby>綠<rt>lù</rt></ruby>	<ruby>虎<rt>hǔ</rt></ruby>	<ruby>師<rt>shī</rt></ruby>
<ruby>黑<rt>hēi</rt></ruby>	<ruby>熊<rt>xióng</rt></ruby>	<ruby>貓<rt>māo</rt></ruby>	<ruby>今<rt>jīn</rt></ruby>	<ruby>天<rt>tiān</rt></ruby>

1) nose ✓ 　 7) panda

2) cute 　 8) teacher

3) brown 　 9) tiger

4) purple 　 10) black bear

5) orange 　 11) today

6) grey 　 12) round face

丨 冂 日 日 旦 甲 甲 果 果 果 果 颗 颗 颗 颗 颗

kē a measure word	顆	顆	顆	顆	顆	

一 二 于 牙

yá tooth	牙	牙	牙	牙	牙	

丿 刀 月 月 肜 脸 脸 脸 脸 脸 脸 脸 脸 臉 臉 臉

liǎn face	臉	臉	臉	臉	臉	

丨 冂 冂 冃 冎 冎 同 同 冐 圓 圓 圓 圓

yuán round	圓	圓	圓	圓	圓	

一 厂 丌 丌 耳 耳 丿 几 几 乌 朵 朵

ěr duo ear	耳 朵	耳	朵	耳	朵	

丿 刀 月 月 月 肜 脨 脨 脚 脚 脚 脚 脚

jiǎo foot	腳	腳	腳	腳	腳	

一	厂	丆	叮	可		
kě be worth doing	可	可	可	可	可		

9 Write the characters.

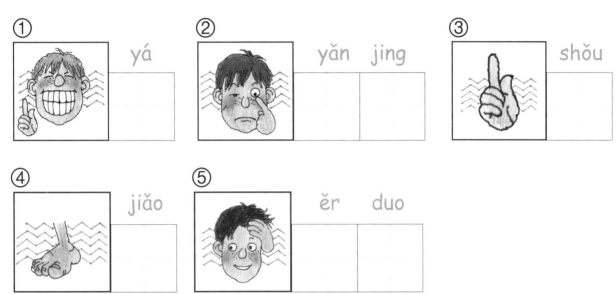

① yá

② yǎn jing

③ shǒu

④ jiǎo

⑤ ěr duo

10 Tick what is correct and cross what is incorrect.

tā de liǎn yuán yuán de
☑ 1) 她的臉圓 圓的。

tā de tóu fa chángcháng de
☐ 2) 她的頭髮長 長的。

tā pàng pàng de
☐ 3) 她胖 胖的。

tā de ěr duo xiǎoxiǎo de
☐ 4) 她的耳朵小小的。

tā de shǒu hěn dà
☐ 5) 她的手很大。

tā de jiǎo bú dà
☐ 6) 她的腳不大。

45

1 **Trace the radical.**

╮ ㇄ ㇉ 攵						
（攴） writing	攵					

2 **Trace the characters.**

一 ナ 大						
dà big	大					
亅 小 小						
xiǎo small	小					

3 **Connect the matching words.**

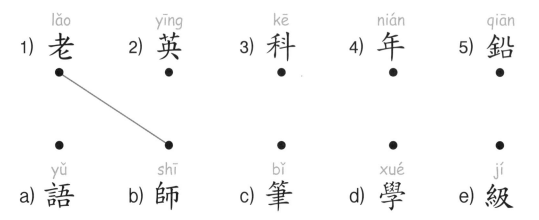

lǎo	yīng	kē	nián	qiān
1) 老	2) 英	3) 科	4) 年	5) 鉛
yǔ	shī	bǐ	xué	jí
a) 語	b) 師	c) 筆	d) 學	e) 級

4 Match the subject with the picture.

1) 英語 yīng yǔ   2) 漢語 hàn yǔ   3) 數學 shù xué   4) 科學 kē xué

a)   b)   c)   d)

5 Connect the matching words.

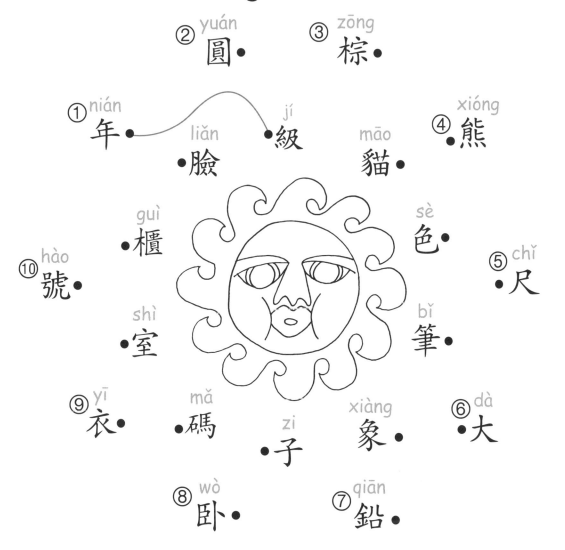

① 年 nián
② 圓 yuán
③ 棕 zōng
④ 熊 xióng
⑤ 尺 chǐ
⑥ 大 dà
⑦ 鉛 qiān
⑧ 卧 wò
⑨ 衣 yī
⑩ 號 hào

級 jí
臉 liǎn
貓 māo
色 sè
筆 bǐ
象 xiàng
子 zi
碼 mǎ
室 shì
櫃 guì

6 Look, read and match.

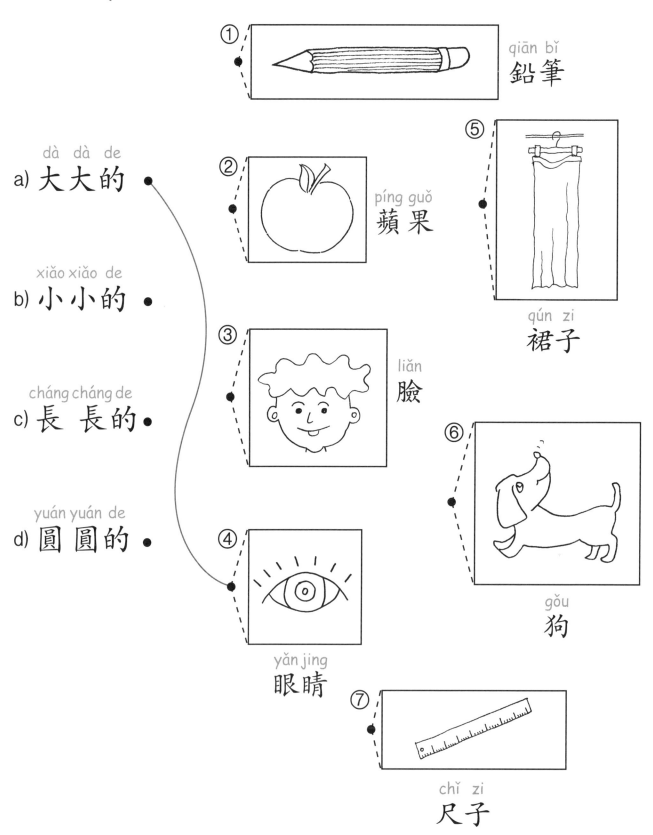

a) dà dà de
大大的

b) xiǎo xiǎo de
小小的

c) cháng cháng de
長長的

d) yuán yuán de
圓圓的

① qiān bǐ 鉛筆

② píng guǒ 蘋果

③ liǎn 臉

④ yǎn jing 眼睛

⑤ qún zi 裙子

⑥ gǒu 狗

⑦ chǐ zi 尺子

7 **Draw the structure of each character.**

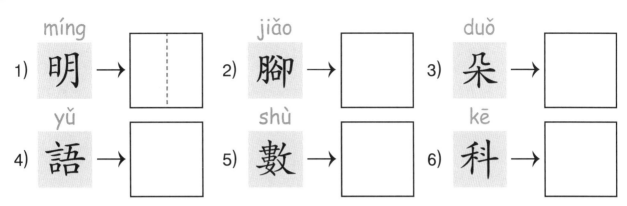

1) míng 明 → [　|　]

2) jiǎo 腳 → [　]

3) duǒ 朵 → [　]

4) yǔ 語 → [　]

5) shù 數 → [　]

6) kē 科 → [　]

8 **Draw a picture of your Chinese teacher and circle the words that describes him/her.**

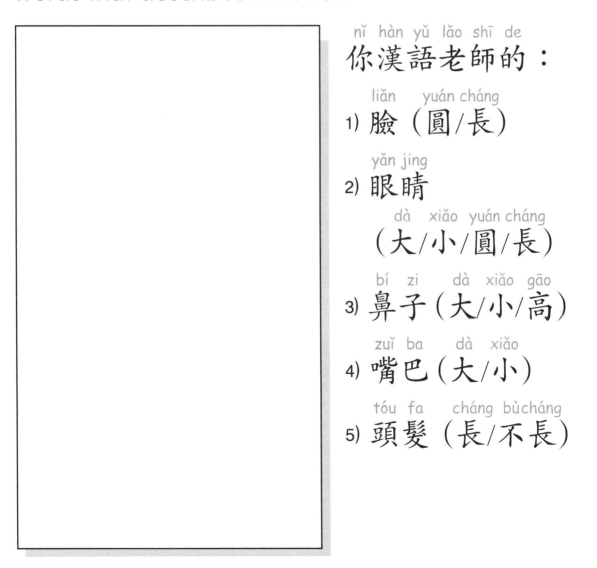

nǐ hàn yǔ lǎo shī de
你漢語老師的：

liǎn　yuán cháng
1) 臉（圓／長）

yǎn jing
2) 眼睛
dà　xiǎo yuán cháng
（大／小／圓／長）

bí zi　dà　xiǎo gāo
3) 鼻子（大／小／高）

zuǐ ba　dà　xiǎo
4) 嘴巴（大／小）

tóu fa　cháng bùcháng
5) 頭髮（長／不長）

9 Write the characters.

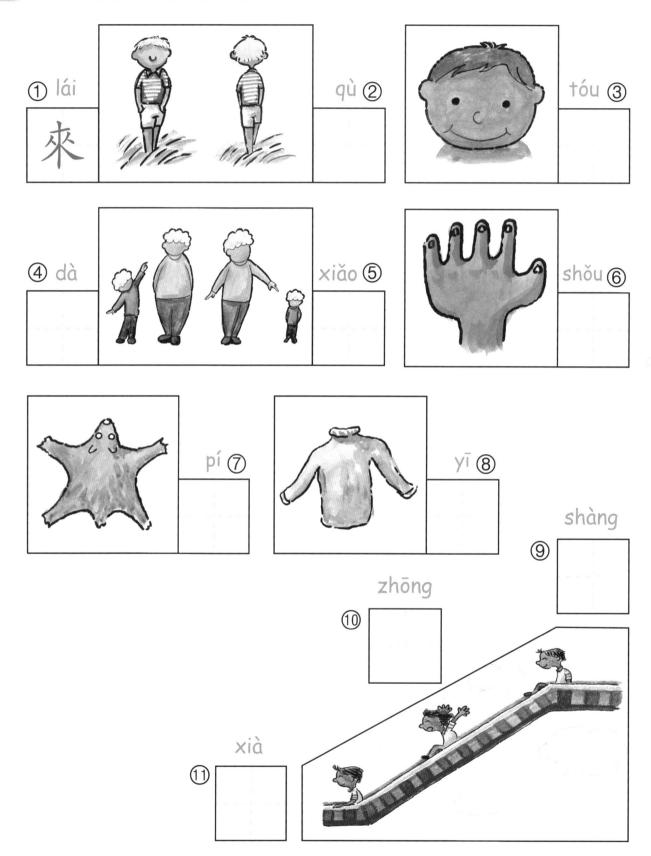

① lái

來

qù ②

tóu ③

④ dà

xiǎo ⑤

shǒu ⑥

pí ⑦

yī ⑧

shàng

⑨

zhōng

⑩

xià

⑪

10 Write the names of the things you know in the picture. You may write pinyin if you cannot write characters.

_____

_____

11 Write the meaning of each sentence.

1) <ruby>弟弟的臉圓圓的。<rt>dì di de liǎn yuán yuán de</rt></ruby>

2) <ruby>動物園裏有很多大象。<rt>dòng wù yuán li yǒu hěn duō dà xiàng</rt></ruby>

3) <ruby>餐桌上有五個橙子。<rt>cān zhuō shang yǒu wǔ ge chéng zi</rt></ruby>

4) <ruby>我有棕色的長頭髮。<rt>wǒ yǒu zōng sè de cháng tóu fa</rt></ruby>

12 Trace the characters.

		纟	纟	纟	纟	纟	纟	纡	紏	級	級

jí grade	級	級	級	級	級		

		一	十	艹	艹	芶	苙	英	英

yīng	英	英	英	英	英		

	丶	亠	二	言	言	言	訂	訂	訝	語	語	語

yǔ language	語	語	語	語	語		

	丶	口	曰	曱	串	昌	昌	曲	婁	婁	婁	數	數	數

shù number	數	數	數	數	數		

	丶	丶	氵	汁	汁	浐	浐	浐	渼	湆	渲	漢	漢

hàn	漢	漢	漢	漢	漢		

	丿	二	千	禾	禾	禾	禾	科	科

kē subject of study	科	科	科	科	科		

13 Circle the words as required.

shù 數	xué 學	jīn 今	tiān 天
zhōng 中	shàng 上	kē 科	nián 年
xiǎo 小	xué 學	xiào 校	jí 級
cháng 長	kě 可	ài 愛	yīng 英
qún 裙	zi 子	hàn 漢	yǔ 語

1) middle school ✓
2) maths
3) primary school
4) science
5) cute
6) skirt
7) long skirt
8) grade
9) English
10) attent school
11) today
12) school
13) Chinese

14 Answer the questions. You may write pinyin if you cannot write characters.

1) nǐ xǐ huan xué yīng yǔ ma
你喜歡學英語嗎? _____

2) nǐ xǐ huan xué hàn yǔ ma
你喜歡學漢語嗎? _____

3) nǐ xǐ huan xué shù xué ma
你喜歡學數學嗎? _____

15 Write your home telephone numbers in Chinese.

_____

第八課 我的同學

1 Trace the radicals.

一 二 干 王							
（玉） jade	王	王	王	王	王		
丶 丷 丷 兰 羊 羊							
（羊） sheep	羊	羊	羊	羊	羊		
丨 冂							
border	冂	冂	冂	冂	冂		

2 Trace the characters.

ノ ク タ 夕 多 多							
duō many; much	多	多	多	多	多		
丿 小 小 少							
shǎo few; little	少	少	少	少	少		

3 Match the opposite words.

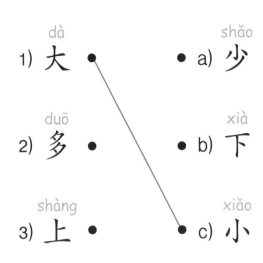

dà
1) 大 •

duō
2) 多 •

shàng
3) 上 •

hēi
4) 黑 •

lái
5) 來 •

pàng
6) 胖 •

nán
7) 男 •

shǎo
• a) 少

xià
• b) 下

xiǎo
• c) 小

bái
• d) 白

shòu
• e) 瘦

qù
• f) 去

nǚ
• g) 女

4 Look and fill in the blanks with numbers.

①
四 | 朵 | 花

②
朵 | 花

③
朵 | 花

④
朵 | 花

⑤
朵 | 花

5 **Read and match.**

xiǎo xué
小學 ：

| yī nián jí 一年级 ●——————● liù suì 六歲 |
| èr nián jí 二年级 ● ● bā suì 八歲 |
| sān nián jí 三年级 ● ● qī suì 七歲 |
| sì nián jí 四年级 ● ● shí suì 十歲 |
| wǔ nián jí 五年级 ● ● jiǔ suì 九歲 |
| liù nián jí 六年级 ● ● shí yī suì 十一歲 |

6 **Connect the matching parts to make characters.**

1) 婁   2) 艹   3) 禾   4) 糸   5) 月   6) 氵

a) 央   b) 攵   c) 及   d) 斗   e) 莫   f) 僉

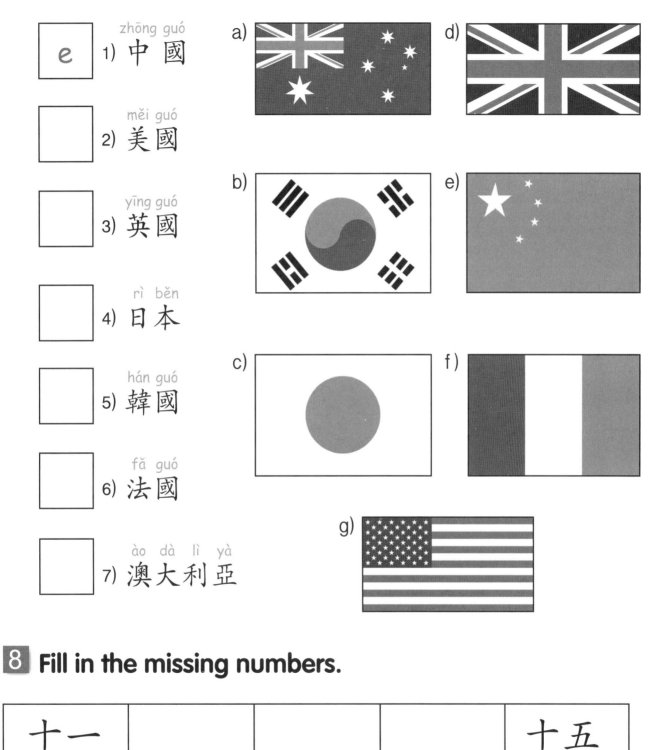

7 **Look, read and match. Write the letters.**

| e | 1) | zhōng guó 中國 |

2) měi guó 美國

3) yīng guó 英國

4) rì běn 日本

5) hán guó 韓國

6) fǎ guó 法國

7) ào dà lì yà 澳大利亞

a)

b)

c)

d)

e)

f)

g)

8 **Fill in the missing numbers.**

| 十一 | | | | 十五 |

9 Fill in the blanks with characters to make phrases.

1)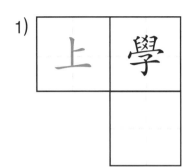

2)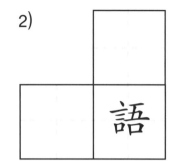

3)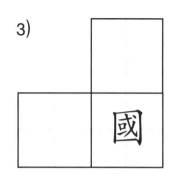

4)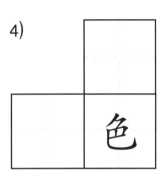

5)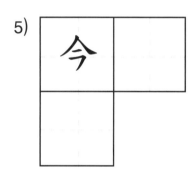

6)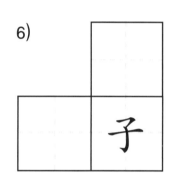

10 Circle the odd ones.

1)
zhōng guó	rì běn	shù xué
中國	日本	(數學)

2)
hàn yǔ	kě ài	yīng yǔ
漢語	可愛	英語

3)
chéng sè	lù sè	lǎo hǔ
橙色	綠色	老虎

4)
tóng xué	cháng cháng	xué shēng
同學	常常	學生

5)
yǎn jing	ěr duo	měi guó
眼睛	耳朵	美國

6)
xióng māo	xīng qī	hóu zi
熊貓	星期	猴子

7)
qī	liǎn	jiǎo
期	臉	腳

8)
kē	yuán	cháng
顆	圓	長

58

11 Maze: find the sentences and write them out.

1)

wǒ	yé	ye	ěr	liǎn	děng
我	爺	爺	耳	臉	等

nián	jí	shì	yīng	guó	rén
年	級	是	英	國	人

。→ My father's father is British.

我爺爺是英國人。

2)

tā	dì	di	shì	xiǎo	shǔ
她	弟	弟	是	小	屬

tóng	bān	xué	jí	xué	shēng
同	班	學	級	學	生

。→ Her younger brother is a primary school student.

她

3)

tā	shì	wǒ	de	měi	shù	bān
他	是	我	的	美	術	班

měi	guó	yǔ	hàn	yǔ	lǎo	shī
美	國	語	漢	語	老	師

。→ He is my Chinese teacher.

他

4)

wǒ	men	méi	shí	ge	xué
我	們	沒	十	個	學

shàng	bān	yǒu	sān	shàng	shēng
上	班	有	三	上	生

。→ There are 30 students in my class.

我

12 **Read the sentences, draw pictures and colour them in.**

1)

dòng wù yuán li yǒu hěn
動物園裏有很
duō shé　　yǒu de hěn
多蛇，有的很
dà　　hěn cháng　yǒu
大、很長，有
de hěn xiǎo
的很小。

zhuō zi shang yǒu shí ge
桌子上有十個
píng guǒ　　yǒu de dà
蘋果，有的大，
yǒu de xiǎo　　yǒu de
有的小；有的
shì hóng sè de　　yǒu
是紅色的，有
de shì huáng sè de
的是黄色的。

2)

13 Write a paragraph about your brothers or sisters.

EXAMPLE:

wǒ gē ge jīn nián shí èr suì
我哥哥今年十二歲。

tā shìzhōngxuéshēng　tā shàng
他是中學生。他上

bā nián jí　　tā zài sān bān
八年級。他在三班。

wǒ mèi mei jīn nián shí suì　　tā
我妹妹今年十歲。她

shì xiǎo xuéshēng　tā shàng wǔ nián
是小學生。她上五年

jí　　tā zài　　bān
級。她在 A 班。

_____

_____

_____

14 Write the radicals.

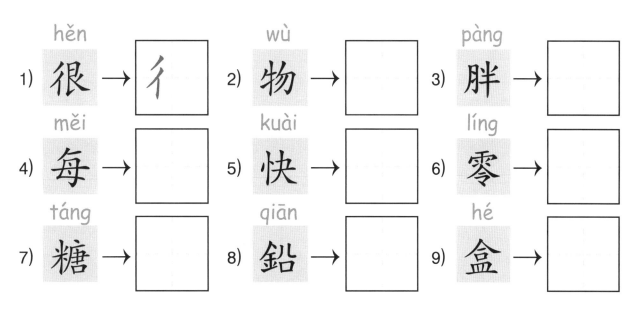

hěn
1) 很 → 彳

wù
2) 物 →

pàng
3) 胖 →

měi
4) 每 →

kuài
5) 快 →

líng
6) 零 →

táng
7) 糖 →

qiān
8) 鉛 →

hé
9) 盒 →

15 Circle the words as required.

měi 美	xiǎo 小	lǎo 老	hǔ 虎	rì 日	yīng 英
zhōng 中	guó 國	shī 師	hēi 黑	běn 本	yǔ 語
zōng 棕	chéng 橙	xióng 熊	māo 貓	diàn 電	huà 話
zǐ 紫	sè 色	jīn 今	tiān 天	nǎo 腦	shì 視

1) tiger ✓
2) English
3) China
4) brown
5) purple
6) today
7) United States of America
8) teacher
9) Japan
10) television
11) panda
12) telephone
13) computer
14) Japanese

16 Write the meaning of each sentence.

1) wǒ men bān nán shēng duō nǚ shēng shǎo
我們班男生多，女生少。

2) wǒ men xué xiào yīng guó xué shēng duō zhōng guó xué shēng shǎo
我們學校英國學生多，中國學生少。

3) dòng wù yuán li hóu zi duō xióng māo shǎo
動物園裏猴子多，熊貓少。

4) mā ma de qún zi duō kù zi shǎo
媽媽的裙子多，褲子少。

5) nǎi nai de tóu fa duō yé ye de tóu fa shǎo
奶奶的頭髮多，爺爺的頭髮少。

62

17 Trace the characters.

一 二 丌 王 玨 玌 玨 珡 班 班						
班 bān class	班	班	班	班		

㇑ 冂 冂 同 同 同						
同 tóng same	同	同	同	同		

㇑ 冂 冂 同 同 同 同 或 或 國 國						
國 guó country	國	國	國	國		

18 Answer the questions.

nǐ jīn nián jǐ suì le
1) 你今年幾歲了? _____

nǐ jīn nián shàng jǐ nián jí
2) 你今年 上幾年級? _____

nǐ men hàn yǔ bān yǒu duō shao ge xué shēng
3) 你們漢語班有多少個學 生? _____

nǐ men xué xiào yǒu duō shao ge xué shēng
4) 你們學校有多少個學 生? _____

63

1 Trace the characters.

一 二 亖 井						
jǐng well　井	井	井	井	井		

丿 기 水 水						
shuǐ water　水	水	水	水	水		

2 Write the Chinese numbers.

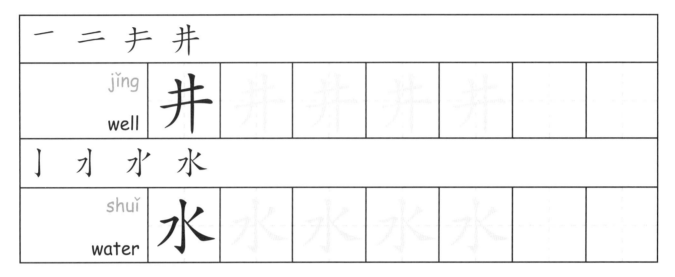

1) 四

2)

3)

4)

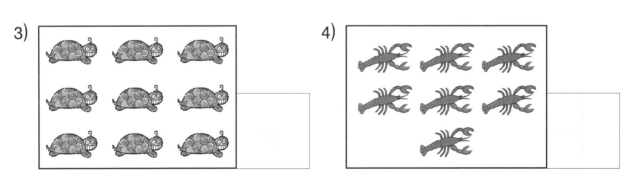

3 **Look, read and match. Write the letters.**

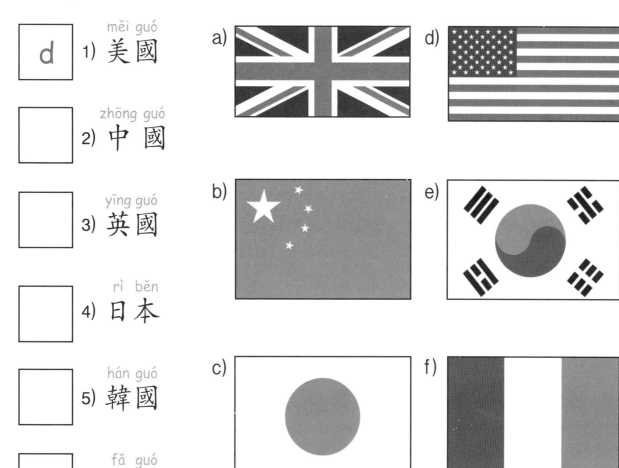

d	1) mĕi guó 美國	

2) zhōng guó 中國

3) yīng guó 英國

4) rì bĕn 日本

5) hán guó 韓國

6) fă guó 法國

a)
d)
b)
e)
c)
f)

4 **Circle the odd ones.**

1) hán guó 韓國　　mĕi guó 美國　　(fă yŭ 法語)　　4) ĕr duo 耳朵　　zōng sè 棕色　　huī sè 灰色

2) dà xiàng 大象　　bí zi 鼻子　　yăn jing 眼睛　　5) xiăo xué 小學　　shēng rì 生日　　xué xiào 學校

3) shù xué 數學　　kē xué 科學　　lǜ sè 綠色　　6) jīn nián 今年　　jīn tiān 今天　　shàngxué 上學

5 Find Chinese and Korean traditional clothes on the Internet. Draw one piece of traditional clothes for each country and colour them in.

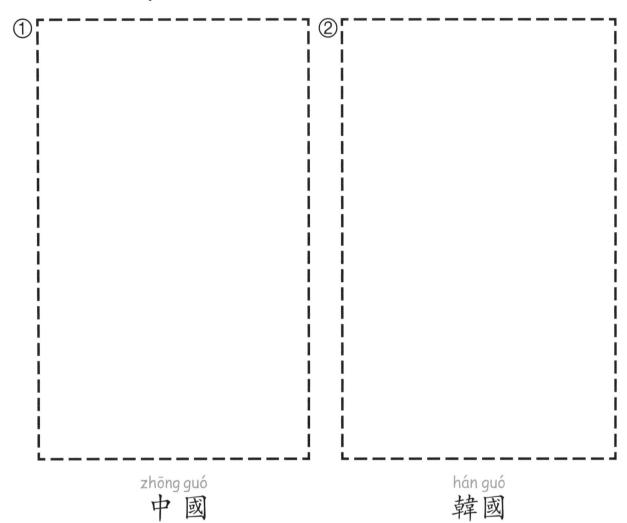

① zhōng guó
中國

② hán guó
韓國

6 Count the strokes of each character.

1) jīn
金 8

2) běi
北 ___

3) fǎ
法 ___

4) bān
班 ___

5) xiǎng
想 ___

6) yán
言 ___

7) shuō
説 ___

8) tóng
同 ___

7 Fill in the numbers.

① tā shǒu li yǒu　　　duǒ　huār
他手裏有＿＿＿朵 花兒。

② dà yú zuǐ ba li yǒu　　　tiáo yú
大魚嘴巴裏有＿＿＿條魚。

③ dòng wù yuán li yǒu　　　tóu dà xiàng
動物園裏有＿＿＿頭大象。

④ shuǐ li yǒu　　　tiáo yú
水裏有＿＿＿條魚。

8 Tick the right choices.

	huì	bú huì	xiǎng xué
nǐ huì shuō yīng yǔ ma 1) 你會説英語嗎？	會 √	不會	想學
nǐ huì shuō hàn yǔ ma 2) 你會説漢語嗎？	會	不會	想學
nǐ huì shuō fǎ yǔ ma 3) 你會説法語嗎？	會	不會	想學

9 **Connect the words to make 10 sentences.**

1) 爺爺 (yé ye)

2) 奶奶 (nǎi nai)

3) 爸爸 (bà ba)

4) 媽媽 (mā ma)

5) 哥哥 (gē ge)

6) 姐姐 (jiě jie)

7) 弟弟 (dì di)

8) 妹妹 (mèi mei)

9) 我 (wǒ)

10) 漢語老師 (hàn yǔ lǎo shī)

想 (xiǎng)

a) 學漢語。 (xué hàn yǔ)

b) 去美國。 (qù měi guó)

c) 吃魚。 (chī yú)

d) 去學校。 (qù xué xiào)

e) 去動物園。 (qù dòng wù yuán)

f) 穿 裙子。 (chuān qún zi)

g) 喝果汁。 (hē guǒ zhī)

h) 吃快餐。 (chī kuài cān)

i) 上學。 (shàng xué)

j) 來我家。 (lái wǒ jiā)

10 Read and match.

1) nǐ shì nǎ guó rén
你是哪國人？ ——————— a) yīng guó rén
英國人。

2) nǐ zài nǎr chū shēng
你在哪兒出生？ • • b) tiān guāng lù èr shí hào
天光路二十號。

3) nǐ huì shuō shén me yǔ yán
你會說什麼語言？ • • c) zhōng guó
中國。

4) nǐ jiā zhù zài nǎr
你家住在哪兒？ • • d) hàn yǔ hé fǎ yǔ
漢語和法語。

5) nǐ jiā de diàn huà hào mǎ
你家的電話號碼
shì duō shao
是多少？ • • e) èr wǔ liù sān
二五六三
qī jiǔ bā líng
七九八〇。

11 Rearrange the word order to make sentences.

1) gē ge   fǎ yǔ   huì shuō
哥哥   法語   會說 → _____

2) měi guó rén   shì   wǒ
美國人   是   我 → _____

3) zhù zài   yīng guó   jiě jie
住在   英國   姐姐 → _____

4) fǎ guó   xiǎng qù   yé ye
法國   想去   爺爺 → _____

12 Trace the characters.

ノ 人 人 合 全 全 余 金 金						
jīn a surname	金	金	金	金		

ノ 人 人 合 合 命 命 命 命 命 會 會 會					命 會 會 會		
huì can	會	會	會	會		

、 亠 亠 言 言 言 言 言 訃 訥 訥 訥 説						
shuō speak	説	説	説	説		

一 二 干 王 珇 珇 珇 珇 珇 現 現						
xiàn present	現	現	現	現		

一 十 才 木 札 朾 相 相 相 相 想 想 想						
xiǎng want; would like	想	想	想	想		

、 亠 亠 言 言 言 言						
yán speech	言	言	言	言		

70

13 Fill in the information about yourself. You may write pinyin if you cannot write characters.

xìng míng 姓 名：	shēng rì 生 日：	yuè rì 月　　日
nián líng suì nián jí 年齡：　　　歲　年級：		
diàn huà hào mǎ 電 話 號 碼：		
huì shuō de yǔ yán 會 説 的 語 言：		
xǐ huan de dòng wù 喜 歡 的 動 物：		
xǐ huan de yán sè 喜 歡 的 顏 色：		

14 Fill in the missing numbers according to the patterns.

1)

三		七		十一	

2)

六			十二		

1 Trace the radicals.

フ 又						
again 又	又	又	又	又		
ノ ケ ト ケ ケ 食 食						
（食）food 食	食	食	食	食		

2 Trace the characters.

丨 冂 冂 月 目 貝 貝						
bèi shell 貝	貝	貝	貝	貝		
フ 刀						
dāo knife 刀	刀	刀	刀	刀		

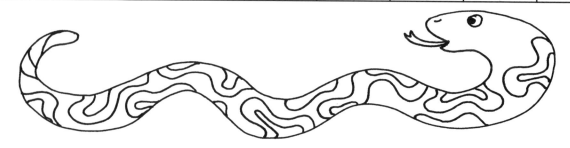

3 Draw your classroom with desks, chairs and your Chinese teacher standing in front of the class. Colour in the picture.

4 Count the strokes of each character.

1) jiào 教 11
2) shì 室 ___
3) cāo 操 ___
4) chǎng 場 ___
5) xiǎng 想 ___
6) táng 堂 ___
7) jīn 金 ___
8) yù 育 ___
9) guǎn 館 ___
10) huì 會 ___
11) shuō 說 ___
12) tǐ 體 ___

5 Connect the matching words.

1) 教 (jiào) •────────• a) 室 (shì)

2) 操 (cāo) •　　　• b) 學 (xué)

3) 禮 (lǐ) •　　　• c) 場 (chǎng)

4) 同 (tóng) •　　　• d) 級 (jí)

5) 年 (nián) •　　　• e) 堂 (táng)

6 Write the characters.

①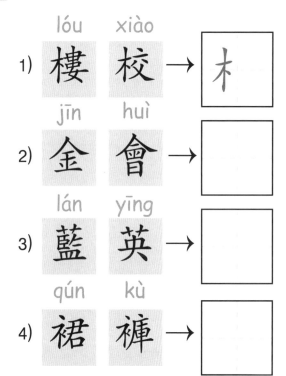

huǒ
火

②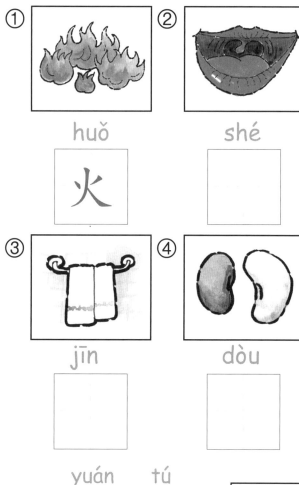

shé

③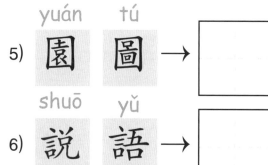

jīn

④

dòu

7 Write the radicals.

1) 樓 (lóu) 校 (xiào) → 木

2) 金 (jīn) 會 (huì) →

3) 藍 (lán) 英 (yīng) →

4) 裙 (qún) 褲 (kù) →

5) 園 (yuán) 圖 (tú) →

6) 説 (shuō) 語 (yǔ) →

7) 級 (jí) 綠 (lù) →

8) 猴 (hóu) 獅 (shī) →

8 **Answer the questions by drawing pictures.**

1)

nǐ men xuéxiào de tú shū guǎn li yǒu shén me
你們學校的圖書館裏有什麼？

2)

nǐ de shū bāo li yǒu shén me
你的書包裏有什麼？

9 **Look, read and match. Write the numbers.**

1) lǐ táng zài èr lóu
禮堂在二樓。

2) wǒ de jiào shì zài wǔ lóu
我的教室在五樓。

3) dì di de jiào shì zài sì lóu
弟弟的教室在四樓。

4) tǐ yù guǎn zài yī lóu
體育館在一樓。

5) tú shū guǎn zài sān lóu
圖書館在三樓。

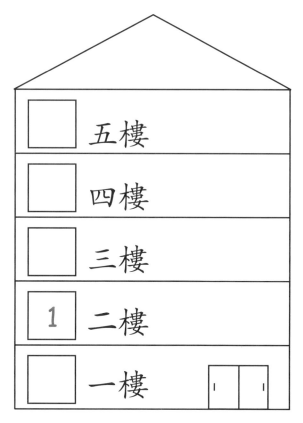

五樓
四樓
三樓
[1] 二樓
一樓

10 **Write the Chinese numbers.**

1)

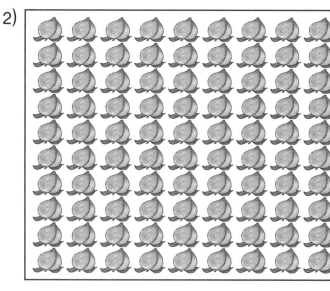

2)

76

11 Circle the words that are not related to school.

xiǎo xué 小學	zōng sè 棕色	cāo chǎng 操場	yīng yǔ 英語	tú shūguǎn 圖書館
hàn yǔ 漢語	tóng xué 同學	zhōng xué 中學	lǐ táng 禮堂	dòng wù yuán 動物園
xué xiào 學校	diàn huà 電話	dà xué 大學	shū shu 叔叔	tǐ yù guǎn 體育館

12 Colour in the pictures and write what they are. You may write pinyin if you cannot write characters.

1)
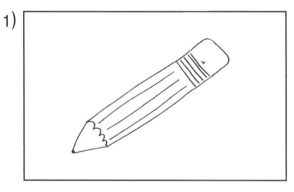

紫色的鉛筆
_____

2)
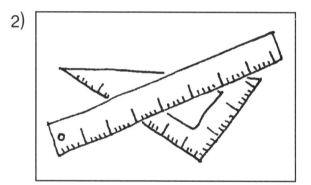

_____

3)
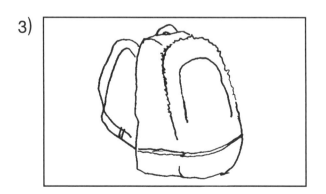

_____

4)
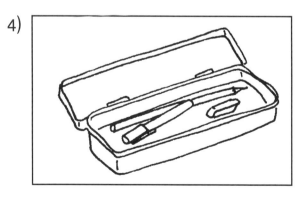

_____

13 Circle the wrong characters.

zhè shì wǒ de xué xiào
1) 這是我白學校。

tā huì shuō yīng yǔ
2) 他會誰 英語。

wǒ shì xiǎo xué shēng
3) 我是少學生。

wǒ xǐ huan xué hàn yǔ
4) 我喜歡字漢語。

dì di hěn kě ài
5) 弟弟很哥愛。

tā xìng wáng   míng jiào tiān yī
6) 她生王，名叫天一。

14 Connect the matching words and write the meaning of each phrase.

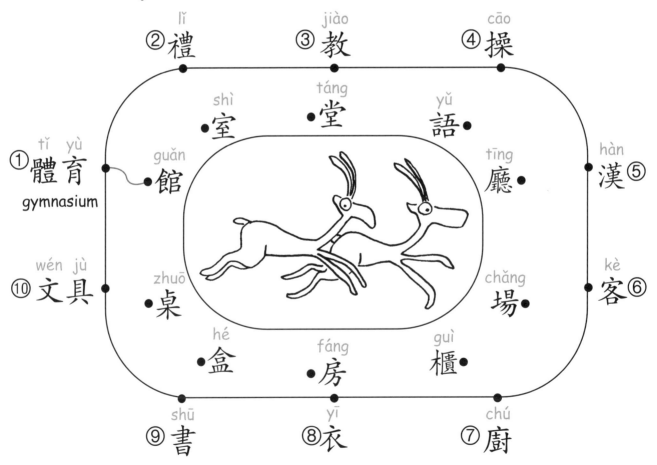

lǐ
② 禮

jiào
③ 教

cāo
④ 操

shì
室

táng
堂

yǔ
語

tǐ yù
① 體育
gymnasium

guǎn
館

tīng
廳

hàn
漢⑤

wén jù
⑩ 文具

zhuō
桌

chǎng
場

kè
客⑥

hé
盒

fáng
房

guì
櫃

shū
⑨ 書

yī
⑧ 衣

chú
⑦ 廚

15 Write one sentence for each picture. You may write pinyin if you cannot write characters.

1)

2)

_____

_____

4)

3)

_____

_____

5)

_____

16 Fill in the missing numbers according to the patterns.

1)

八		六		四

2)

二十五			二十二	

17 Trace the characters.

一 十 扌 扌 扩 护 护 护 护 护 捛 捛 捛 捛 操						

cāo exercise	操	操	操	操	操		

一 十 土 扩 圹 坦 坦 坦 坦 塲 場 場						

chǎng an open place	場	場	場	場	場		

丶 ｚ 衤 衤 衤 衤 祀 神 禰 禰 禮 禮 禮 禮 禮						

lǐ ceremony	禮	禮	禮	禮	禮		

丶 丷 ⺌ ⺌ 屵 屵 屵 屵 堂 堂 堂						

táng hall	堂	堂	堂	堂	堂		

丨 冂 冂 冋 罒 咼 骨 骨 骨 骨 骨 骨 骨 體 體 體 體 體 體 體 體						

tǐ body	體	體	體	體	體		

丶 亠 云 云 产 育 育 育						

yù educate	育	育	育	育	育		

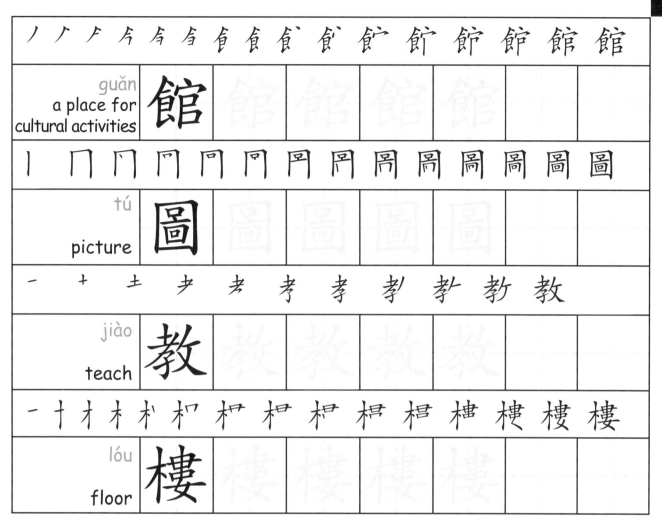

ノ 𠆢 𠂉 𣦸 今 𣥂 𩙿 𩙿 𩙿 𩙿 𩚁 𩚁 節 館 館 館

| guǎn
a place for
cultural activities | 館 | | | | | | |

丨 冂 冂 冃 冈 罔 罔 罔 罔 冨 晑 圖 圖

| tú
picture | 圖 | | | | | | |

一 十 土 耂 耂 考 孝 孝 教 教 教

| jiào
teach | 教 | | | | | | |

一 十 才 木 杉 松 柑 柑 棹 榑 棲 樓 樓 樓

| lóu
floor | 樓 | | | | | | |

18 Add a radical to complete each character.

jiào	shì	cāo	yù	guǎn
1) 教	2) 至	3) 杲	4) 云	5) 官

lǐ	chǎng	tú	lóu	táng
6) 豊	7) 昜	8) 啚	9) 婁	10) 呈

dì shí yī kè   qǐng jìn

第十一課 請進

1 Trace the radicals.

㇀ 刂						
（刀） long knife	刂	刂	刂	刂	刂	
丶 亠 立						
stand	立	立	立	立	立	

2 Trace the characters.

一 丁 工						
gōng work	工	工	工	工	工	
一 十 土						
tǔ soil	土	土	土	土	土	

3 Add one stroke to each character to make a new one.

1) 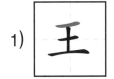 2)   3)   4)   5)

4 Connect the matching words.

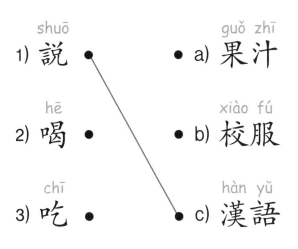

shuō
1) 説

guǒ zhī
a) 果汁

hē
2) 喝

xiào fú
b) 校服

chī
3) 吃

hàn yǔ
c) 漢語

chuān
4) 穿

shù xué
d) 數學

yǎng
5) 養

kuài cān
e) 快餐

xué
6) 學

chǒng wù
f) 寵物

5 Place the tone marks on the pinyin.

1) 請 qǐng ____

2) 進 jin ____

3) 讀 du ____

4) 體 ti ____

5) 跟 gen ____

6) 站 zhan ____

6 Write the radicals.

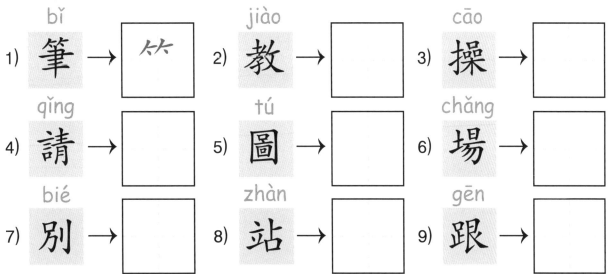

bǐ
1) 筆 → 竹

jiào
2) 教 →

cāo
3) 操 →

qǐng
4) 請 →

tú
5) 圖 →

chǎng
6) 場 →

bié
7) 別 →

zhàn
8) 站 →

gēn
9) 跟 →

7 **Fill in the missing numbers according to the patterns.**

1)

三十		二十八		二十六	

2)

四十三			四十		

3)

六十九		六十七			

8 **Look, read and match. Write the letters.**

b	1) nǐ zǎo 你早!

a) Hello!

	2) nǐ hǎo 你好!

b) Good morning!

	3) duì bu qǐ 對不起!

c) Thank you.

	4) xiè xie 謝謝!

d) I'm sorry.

	5) zài jiàn 再見!

e) Goodbye!

Count the strokes of each character.

1) zhàn 站 10
2) qǐng 請 ___
3) zuò 坐 ___
4) xiàn 現 ___
5) shuō 説 ___
6) gēn 跟 ___
7) jǔ 舉 ___
8) guǎn 館 ___
9) jìn 進 ___
10) huà 話 ___
11) lái 來 ___
12) chǎng 場 ___

Read the sentences and draw pictures.

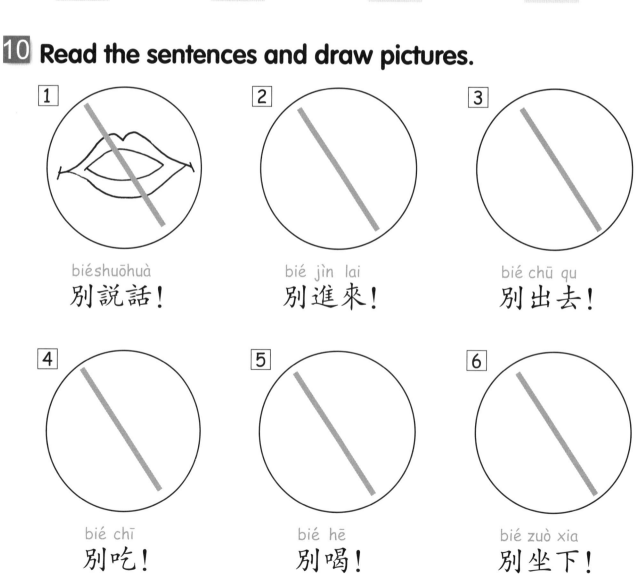

1 biéshuōhuà
别説話!

2 bié jìn lai
别進來!

3 bié chū qu
别出去!

4 bié chī
别吃!

5 bié hē
别喝!

6 bié zuò xia
别坐下!

86

11 Read and match. Write the letters.

b 1) nǐ men xué xiào yǒu tú shū guǎn ma
你們學校有圖書館嗎？

a) jiǔ ge
九個。

2) nǐ men bān yǒu jǐ ge zhōng guó xué shēng
你們班有幾個中國學生？

b) yǒu
有。

3) nǐ huì shuō shén me yǔ yán
你會說什麼語言？

c) xǐ huan
喜歡。

4) nǐ xǐ huan xué yīng yǔ ma
你喜歡學英語嗎？

d) yīng yǔ hé fǎ yǔ
英語和法語。

5) nǐ jīn nián shàng jǐ nián jí
你今年上幾年級？

e) èr nián jí
二年級。

12 Circle the words as required.

zuò 坐	xia 下	qǐng 請	jìn 進	shuō 説
jiào 教	shì 室	tú 圖	diàn 電	huà 話
shī 師	dú 讀	shū 書	lǐ 禮	táng 堂
tǐ 體	yù 育	guǎn 館	cāo 操	chǎng 場

1) sit down √   6) sports ground

2) speak   7) assembly hall

3) classroom   8) please come in

4) library   9) telephone

5) gymnasium

13 Trace the characters.

丶	二	三	三	言	言	言	言	訂	訃	請	請	請

qǐng please	請					

ノ	亻	彳	仃	仁	乍	佳	隹	淮	谁	谁	進

jìn enter	進					

ノ	人	𠆢	从	丛	华	坐

zuò sit	坐					

丶	丷	口	号	另	別	別

bié don't	別					

㇔	㇇	𡆼	𥫗	𥫗	𥫗	𥫗	𦥑	𦥑	𦥑	與	與	與	與	擧	舉

jǔ raise	舉					

丶	二	产	立	立	刬	站	站	站	站

zhàn stand; get up	站					

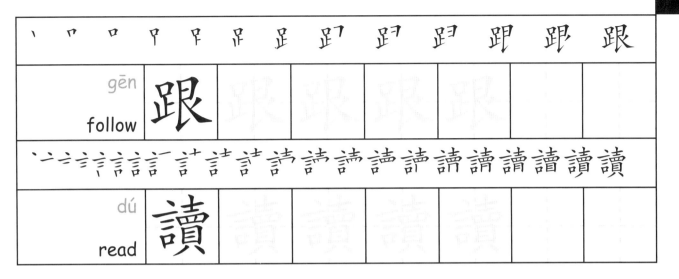

﹨	㇆	㇅	呈	돈	足	足	趵	趵	趵	跟	跟	跟

| gēn
follow | 跟 | | | | | | |

| ﹨ ﹀ ﹀ 言 言 言 言 言 言 言 讀 讀 讀 讀 讀 讀 讀 讀 |

| dú
read | 讀 | | | | | | |

14 **Write a word for each picture. You may write pinyin if you cannot write characters.**

1)

2)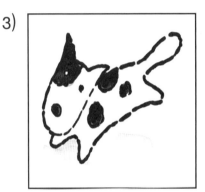

3)

牛奶
—————

4)

5)

6)

—————   —————   —————

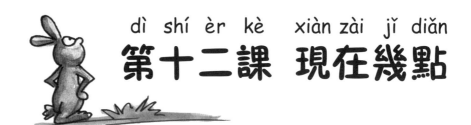

1 **Trace the characters.**

㇁ 冂 口						
kǒu mouth	口	口	口	口	口	

㇑ 冂 月 日						
rì sun	日	日	日	日	日	

2 **Look, read and match. Write the numbers.**

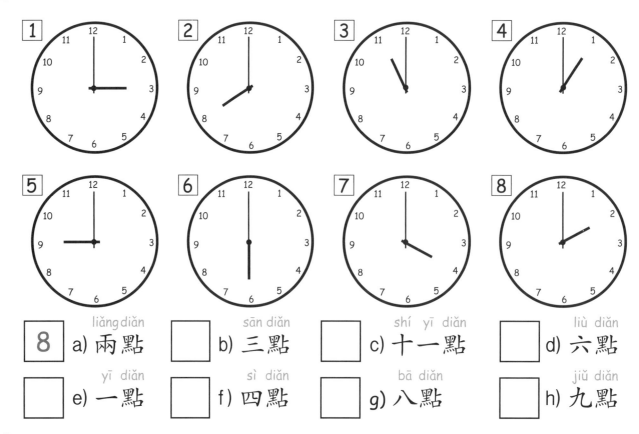

liǎng diǎn **8** a) 兩點	*sān diǎn* b) 三點	*shí yī diǎn* c) 十一點	*liù diǎn* d) 六點
yī diǎn e) 一點	*sì diǎn* f) 四點	*bā diǎn* g) 八點	*jiǔ diǎn* h) 九點

3 Fill in the missing numbers.

○

二 　 　 　 六 　 　 七　
　 　 　 　 　 　 九　

四 五 　 　 八

一 　 十 八 　 　 二

4 Look, read and match. Write the numbers.

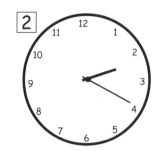

liǎng diǎn èr shí fēn
2 a) 兩點二十分

shí èr diǎn sān kè
[ ] d) 十二點三刻

liù diǎn yí kè
[ ] b) 六點一刻

sān diǎn líng wǔ fēn
[ ] e) 三點零五分

jiǔ diǎn bàn
[ ] c) 九點半

shí diǎn yí kè
[ ] f) 十點一刻

5 Count the strokes of each character.

zài
1) 在　6

fēn
2) 分 ___

kè
3) 刻 ___

líng
4) 零 ___

bàn
5) 半 ___

xiàn
6) 現 ___

shì
7) 室 ___

qǐng
8) 請 ___

6 **Put the short and long hands on the clocks.**

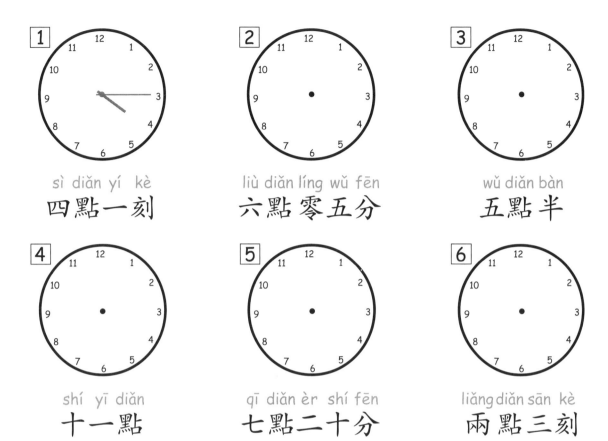

sì diǎn yí kè
四 點 一 刻

liù diǎn líng wǔ fēn
六 點 零 五 分

wǔ diǎn bàn
五 點 半

shí yī diǎn
十 一 點

qī diǎn èr shí fēn
七 點 二 十 分

liǎng diǎn sān kè
兩 點 三 刻

7 **Write the radicals.**

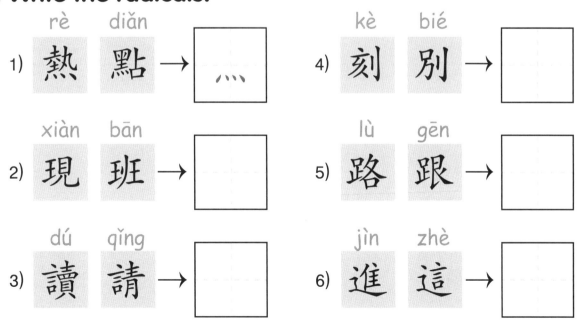

1) rè 熱 diǎn 點 → 灬

4) kè 刻 bié 別 →

2) xiàn 現 bān 班 →

5) lù 路 gēn 跟 →

3) dú 讀 qǐng 請 →

6) jìn 進 zhè 這 →

8 Connect the matching parts to make characters.

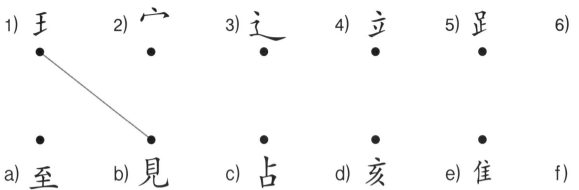

1) 王
2) 宀
3) 辶
4) 立
5) 𧾷
6) 刂

a) 至
b) 見
c) 占
d) 亥
e) 隹
f) 艮

9 Draw pictures and colour them in.

1)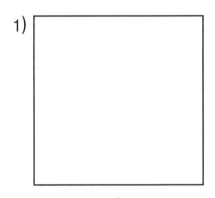

tóu
頭

2)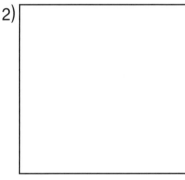

shǒu
手

3)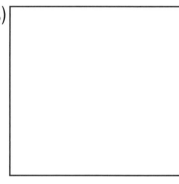

jiǎo
腳

4)

yǎn jing
眼睛

5)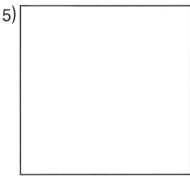

ěr duo
耳朵

6)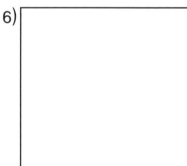

zuǐ ba
嘴巴

10 **Answer the questions.**

nǐ de shēng rì shì jǐ yuè jǐ hào
1) 你的生日是幾月幾號? _____

jīn tiān jǐ yuè jǐ hào
2) 今天幾月幾號? _____

jīn tiān xīng qī jǐ
3) 今天星期幾? _____

xiàn zài jǐ diǎn
4) 現在幾點? _____

11 **Connect the matching parts to make sentences.**

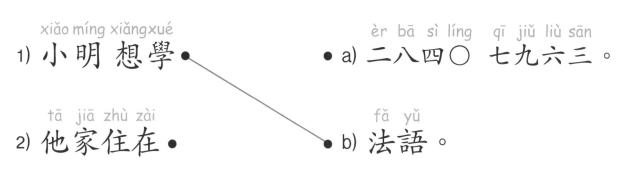

xiǎo míng xiǎngxué
1) 小明 想學 •

èr bā sì líng qī jiǔ liù sān
• a) 二八四〇 七九六三。

tā jiā zhù zài
2) 他家住在 •

fǎ yǔ
• b) 法語。

tā jiā de diàn huà hào mǎ shì
3) 他家的電話號碼是•

liǎng ge cāo chǎng
• c) 兩個操場。

tā men bān yǒu
4) 他們班有•

huā yuán lù shí bā hào
• d) 花園路十八號。

tā men xué xiào yǒu
5) 他們學校有•

shí èr ge měi guó xué shēng
• e) 十二個美國學生。

12 Write one sentence for each picture. You may write pinyin if you cannot write characters.

1)

_____

2)

_____

3)

_____

4)
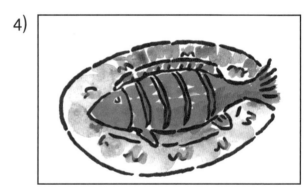

_____

5)

_____

13 Trace the characters.

丶	冂	冂	冈	岡	四	旦	甲	里	里	黑	黑	黑	黗	點	點	點	點

diǎn o'clock	點						

丿 八 分 分

fēn minute	分						

丶 二 亠 亥 亥 亥 亥 刻 刻

kè quarter (of an hour)	刻						

丶 丷 兰 半 半

bàn half	半						

14 Write the numbers in Chinese.

1) 12

2) 100

3) 67

4) 54

5) 83

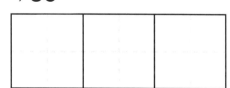

第十三課 我八點上學

1 Trace the radicals.

´	丿	刀	丹	舟	舟					
boat	舟	舟	舟	舟	舟					

`	二	亍	方							
square	方	方	方	方	方					

2 Trace the characters.

`	⼝	⼝	中	虫	虫	虫	出	出	出	蚩	蚩	蚩	蠡	蠡	蟲	蟲	蟲
chóng insect	蟲	蟲	蟲	蟲	蟲												

丿	几	月	月							
yuè moon	月	月	月	月	月					

3 Answer the questions.

1) 今天幾月幾號？

2) 現在幾點？

_____

_____

4 Look, read and match. Write the numbers.

bā diǎn bàn
3 a) 八點半。

shí yī diǎn sān kè
e) 十一點三刻。

liù diǎn
b) 六點。

yī diǎn yí kè
f) 一點一刻。

sān diǎn líng wǔ fēn
c) 三點零五分。

qī diǎn shí fēn
g) 七點十分。

shí diǎn sān shí wǔ fēn
d) 十點三十五分。

shí yī diǎn
h) 十一點。

5 Take away one stroke from each character to make a new one.

1) 少　2) 日　3) 天　4) 十　5) 大

6 Draw pictures and colour them in.

1)

qǐ chuáng
起牀

2)

chī wǔ fàn
吃午飯

3)

shàng xué
上學

4)

shuì jiào
睡覺

7 Count the strokes of each character.

bān
1) 般 10

táng
2) 堂 ____

shuì
3) 睡 ____

xué
4) 學 ____

wǎn
5) 晚 ____

fàng
6) 放 ____

xǐ
7) 洗 ____

diǎn
8) 點 ____

8 **Fill in the time and put short and long hands on the clocks.**

1) 我___六點半___起牀。

2) 我_____上學。

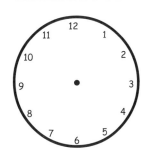

3) 我_____放學回家。

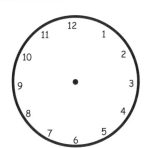

4) 我_____睡覺。

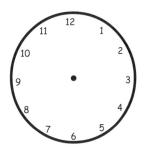

9 **Answer the questions.**

1) 你今年幾歲?_____

2) 你上幾年級?_____

3) 你一般幾點起牀?_____

4) 你一般幾點睡覺?_____

10 Design clock faces and put short and long hands on them. Colour in the clock faces.

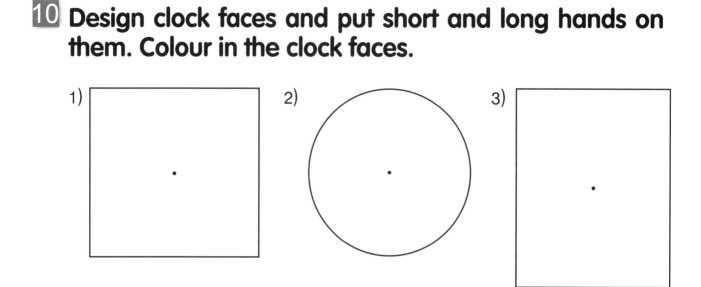

1)

2)

3)

11 Answer the questions by drawing pictures.

nǐ zǎo fàn yì bān chī shén me
1) 你早飯一般吃什麼？

nǐ wǔ fàn yì bān chī shén me
2) 你午飯一般吃什麼？

nǐ wǎn fàn yì bān chī shén me
3) 你晚飯一般吃什麼？

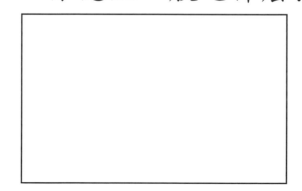

12 Write the names of the objects below. You may write pinyin if you cannot write characters.

1)
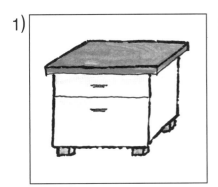

牀頭櫃

_____

2)

_____

3)

_____

4)
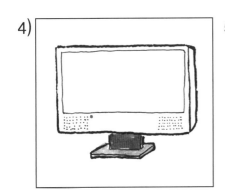

_____

5)

_____

6)
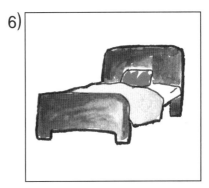

_____

13 Fill in the missing numbers according to the patterns.

1)

十二		十六			

2)

二十一			二十七		

14 **Circle the words as required.**

zǎo 早	wǔ 午	shuì 睡	jiào 覺	huí 回
wǎn 晚	fàn 飯	shū 書	fáng 房	jiā 家
shuō 説	diàn 電	fǎ 法	yīng 英	xiàn 現
huà 話	nǎo 腦	yǔ 語	yán 言	zài 在

1) breakfast ✓
2) lunch
3) dinner
4) sleep
5) English
6) study room
7) now
8) speak
9) telephone
10) go home
11) computer
12) French

15 **Trace the characters.**

′	丿	刀	月	舟	舟	舟	舟	船	般

bān 般	般	般	般	般		

丿	丷	卢	与	今	自	食	食	飠	飣	飯	飯

fàn meal 飯	飯	飯	飯	飯		

丿	𠂉	二	午	

wǔ noon 午	午	午	午	午		

104

丶 一 亠 亍 方 方 方 放 放

| fàng
let out | 放 | 放 | 放 | 放 | 放 | | |

l 冂 冂 冋 回 回

| huí
return | 回 | 回 | 回 | 回 | 回 | | |

l 冂 冊 日 日 日' 旷 旷 晄 晚 晚

| wǎn
evening | 晚 | 晚 | 晚 | 晚 | 晚 | | |

丶 丶 氵 氵 汯 汼 泩 洗 洗

| xǐ
wash | 洗 | 洗 | 洗 | 洗 | 洗 | | |

丶 丶 氵 氵 沪 沪 沪 沪 沪 浥 澀 溫 澤 澡 澡

| zǎo
bath | 澡 | 澡 | 澡 | 澡 | 澡 | | |

l 冂 冊 月 目 目' 肝 肝 肝 脏 睚 睚 睡 睡

| shuì
sleep | 睡 | 睡 | 睡 | 睡 | 睡 | | |

' ' ' ' ' ' ' ' ' ' ' 與 與 學 學 學 學 學 覺 覺

| jiào
sleep | 覺 | 覺 | 覺 | 覺 | 覺 | | |

第十四課 早飯吃麵包

1 Trace the radicals.

丶 亻 亻 亻 白 自 鳥 鳥 鳥 鳥 鳥

| | bird | 鳥 | 鳥 | 鳥 | 鳥 | 鳥 | | |

丶 丷 少 火

| | fire | 火 | 火 | 火 | 火 | 火 | | |

2 Trace the characters.

一 十 才 木

| | mù / wood | 木 | 木 | 木 | 木 | 木 | | |

丨 冂 冃 田 田

| | tián / field | 田 | 田 | 田 | 田 | 田 | | |

3 Circle the nature words.

huǒ	duō	shuǐ	tǔ	rì	shǎo	yuè	mù	tián
火	多	水	土	日	少	月	木	田

4 Look, read and match. Write the numbers.

1)

2)
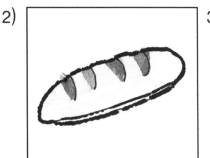

3)
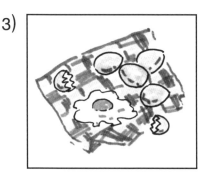

4)

5)

6)

2	a) miàn bāo 麵包		b) jī dàn 雞蛋		c) mǐ fàn 米飯
	d) tāng 湯		e) niú nǎi 牛奶		f) sān míng zhì 三明治

5 Count the strokes of each character.

1) nǎi 奶 5

2) wǔ 午 ____

3) dàn 蛋 ____

4) fàn 飯 ____

5) miàn 麵 ____

6) jī 雞 ____

7) chǎo 炒 ____

8) wǎn 晚 ____

9) huò 或 ____

10) mǐ 米 ____

11) tāng 湯 ____

12) zǎo 早 ____

6 Fill in the correct characters.

gōng	tián	shǎo
工	田	少
rì	shàng	mù
日	上	目
sì	yuè	tǔ
四	月	土
chū	kǒu	xiōng
出	口	兄

1) 3 strokes:

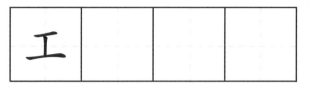

2) 4 strokes:

3) 5 strokes:

7 Draw pictures and colour them in.

1)

rè gǒu
熱狗

2)

sān míng zhì
三明治

3)

miàn bāo
麵包

4)

jī dàn
雞蛋

8 What would you eat at each meal? Write the letters.

a) 麵包 *miàn bāo*	g) 牛奶 *niú nǎi*		1) 早飯 *zǎo fàn* : __a_____
b) 雞蛋 *jī dàn*	h) 可樂 *kě lè*		_____
c) 三明治 *sān míng zhì*	i) 果汁 *guǒ zhī*		2) 午飯 *wǔ fàn* : _____
d) 炒菜 *chǎo cài*	j) 蘋果汁 *píng guǒ zhī*		_____
e) 湯 *tāng*	k) 香蕉 *xiāng jiāo*		3) 晚飯 *wǎn fàn* : _____
f) 米飯 *mǐ fàn*	l) 蘋果 *píng guǒ*		_____

9 Write a character for each radical.

1) *xǐ* 氵 洗

2) *chǎo* 火 ☐

3) *cài* 艹 ☐

4) *wǎn* 日 ☐

5) *jiā* 宀 ☐

6) *kè* 刂 ☐

7) *xiàn* 王 ☐

8) *fàn* 食 ☐

9) *chuáng* 爿 ☐

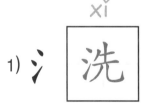

10) *shuì* 目 ☐

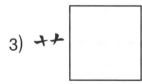

11) *fàng* 方 ☐

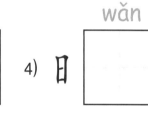

12) *gēn* 𧾷 ☐

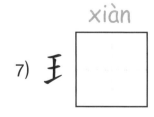

10 Write the characters.

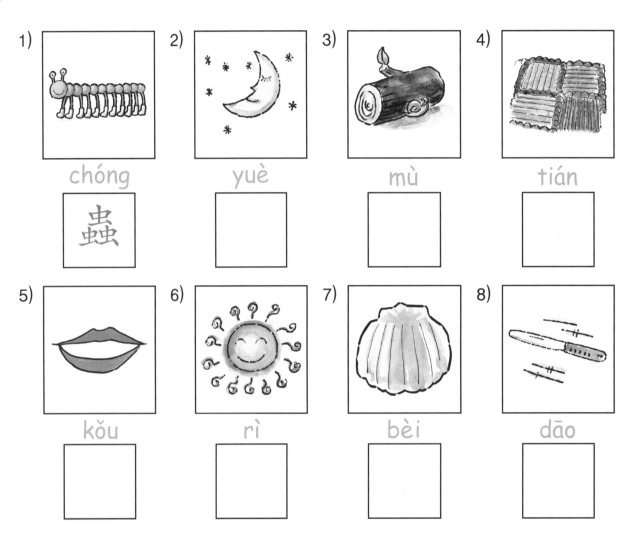

1) chóng 蟲

2) yuè

3) mù

4) tián

5) kǒu

6) rì

7) bèi

8) dāo

11 Connect the matching words.

1) miàn 麵   2) jī 雞   3) mǐ 米   4) niú 牛   5) táng 糖   6) shū 蔬

a) dàn 蛋   b) bāo 包   c) nǎi 奶   d) guǒ 果   e) fàn 飯   f) cài 菜

12 **Answer the questions by drawing pictures.**

nǐ xǐ huan chī shén me shuǐ guǒ
1) 你喜歡吃什麼水果？

nǐ xǐ huan chī shén me shū cài
2) 你喜歡吃什麼蔬菜？

nǐ xǐ huan hē shén me
3) 你喜歡喝什麼？

13 **Fill in the blanks with characters to make phrases.**

1)
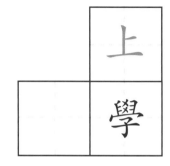

2)

3)
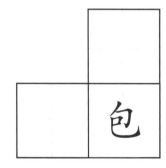

4)
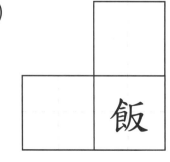

14 Trace the characters.

一 十 ナ 尤 尪 杰 步 夾 麥 麥 麥 麦 麥 麵 麵

| | miàn
wheat flour | 麵 | 麵 | 麵 | 麵 | 麵 | | |

ㄥ ㄥ ㄥ ㄥ 呈 呈 至 至 孚 奚 奚 雞 雞 雞 雞 雞 雞 雞 雞

| | jī
chicken | 雞 | 雞 | 雞 | 雞 | | |

一 一 丆 丆 丆 尺 足 呑 呑 呑 蛋 蛋 蛋

| | dàn
egg | 蛋 | 蛋 | 蛋 | 蛋 | 蛋 | | |

丿 仁 仁 牛

| | niú
ox; cow | 牛 | 牛 | 牛 | 牛 | 牛 | | |

乀 乄 女 女 奶

| | nǎi
milk | 奶 | 奶 | 奶 | 奶 | 奶 | | |

一 一 一 口 豆 或 或 或

| | huò
either; or | 或 | 或 | 或 | 或 | 或 | | |

丶　丶　少　火　灯　灯　炒　炒

| chǎo
stir-fry | 炒 | | | | |

丶　丷　丷　半　米　米

| mǐ
rice | 米 | | | | |

丶　丷　氵　氵　沪　沪　沪　沪　涓　湯　湯

| tāng
soup | 湯 | | | | |

15 Write the animal names. You may write pinyin if you
cannot write characters.

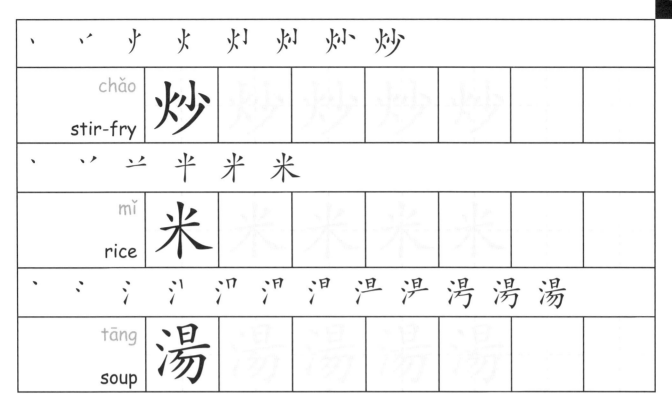

1) 猴子
_____

2) _____

3) _____

4) _____

5) _____

6) _____

第十五課 我騎車上學

1 Trace the radical.

一 厂 厂 厂 厅 馬 馬 馬 馬 馬

	馬	馬	馬	馬	馬		
horse							

2 Trace the characters.

｜ 冂 冃 月 目

mù eye	目	目	目	目	目		

㇆ 力

lì strength	力	力	力	力	力		

3 Write the characters.

1) 目 ___eye___

2) ___strength___

3) ___wood___

4) ___field___

5) ___insect___

6) ___mouth___

4 Look, read and match. Write the letters.

1)
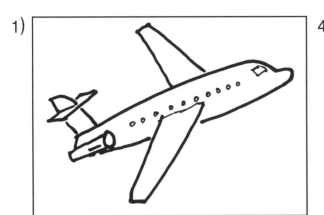

4)

2)

5)

3)

6)

chuán
4 a) 船

dì tiě
b) 地鐵

mù chuán
c) 木船

xiào chē
d) 校車

fēi jī
e) 飛機

zì xíng chē
f) 自行車

5 Put short and long hands on the clocks.

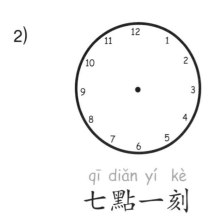

Ferry Timetable

1)

liù diǎn wǔ shí wǔ fēn
六點五十五分

2)

qī diǎn yí kè
七點一刻

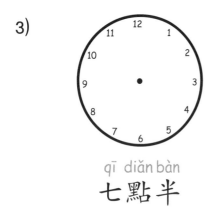

3)

qī diǎn bàn
七點半

6 Write the radicals.

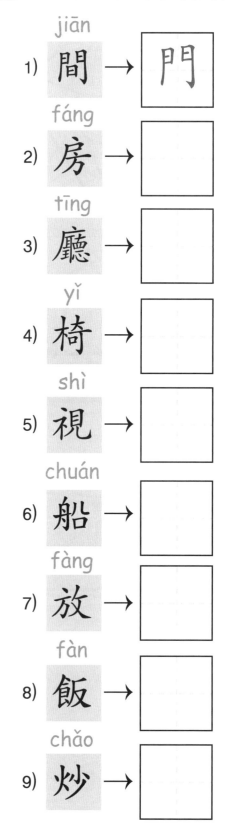

jiān
1) 間 → 門

fáng
2) 房 →

tīng
3) 廳 →

yǐ
4) 椅 →

shì
5) 視 →

chuán
6) 船 →

fàng
7) 放 →

fàn
8) 飯 →

chǎo
9) 炒 →

116

7 **Design new models of the vehicles and colour them in.**

1)

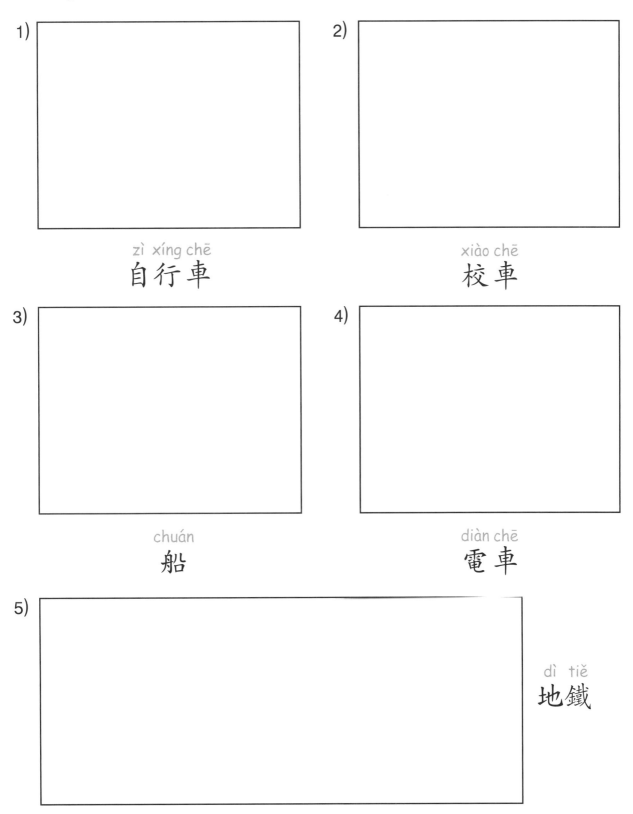

zì xíng chē
自行車

2)

xiào chē
校車

3)

chuán
船

4)

diàn chē
電車

5)

dì tiě
地鐵

8 Answer the questions by drawing pictures.

nǐ yì bān jǐ diǎn shàng xué
1) 你一般幾點上學？

nǐ zěn me shàng xué
2) 你怎麼上學？

3) nǐ bà ba jǐ diǎn shàng bān
你爸爸幾點上班？

4) nǐ bà ba zěn me shàng bān
你爸爸怎麼上班？

9 Fill in the blanks with correct characters to make phrases.

mù
1) 木 ____ 牀

xiào
2) 校 ____

mǐ
3) 米 ____

chǎo
4) 炒 ____

shàng
5) 上 ____

zěn
6) 怎 ____

dì
7) 地 ____

miàn
8) 麵 ____

10 Fill in the missing numbers according to the patterns.

1)

二十		十八			

2)

七十五		七十三			

11 Connect the matching words.

chuān
1) 穿 •

zuò
2) 坐 •

qí
3) 騎 •

chī
4) 吃 •

hē
5) 喝 •

xiào chē
• a) 校車

chèn shān
• b) 襯衫

kě lè
• c) 可樂

zì xíng chē
• d) 自行車

kuài cān
• e) 快餐

12 Circle the 4-stroke characters.

rì 日	yuè 月	mù 木	dà 大
kǒu 口	chǐ 尺	tián 田	mù 目
jǐng 井	huǒ 火	shén 什	zhōng 中
rén 人	shuǐ 水	lì 力	fēn 分
shǎo 少	yá 牙	jīn 今	bā 巴

13 Highlight the words as required.

dì tiě 地鐵	hàn yǔ 漢語	miàn bāo 麵包	chǎo cài 炒菜
yīng yǔ 英語	diàn chē 電車	jī dàn 雞蛋	huǒ chē 火車
chǎo fàn 炒飯	fǎ yǔ 法語	chuán 船	mǐ fàn 米飯
rè gǒu 熱狗	niú nǎi 牛奶	rì yǔ 日語	xiào chē 校車

1) Means of transport: 綠色

2) Food/Drinks: 粉色

3) Language: 紫色

14 Trace the characters.

╱	╱	╱	╱	舟	舟	舟	舡	舡	船	船

chuán boat	船					

一	十	土	圤	圸	地

dì land; ground	地					

╱	亻	亽	乍	年	余	余	金	金	釨	鉄	鉄	鉄	鉄	鉄	鐵	鐵	鐵	鐵

tiě iron	鐵					

一	厂	厂	厅	馬	馬	馬	馬	馬	馬	馬	馬	騎	騎	騎	騎	騎

qí ride	騎					

╱	亻	冂	自	自	自

zì self; oneself	自					

╱	╱	彳	彳	行	行

xíng go	行					

	一	厂	厅	market	百	亘	車		
chē vehicle	車								

	丶	口	口	口'	口'	叨	叨	呢	
ne a particle	呢								

	丿	夕	仒	乍	乍	作	怎	怎	怎
	丶	亠	广	广	庁	庁	庆	庅	麻 麻 麼 麼 麼
zěn me how	怎 麼								

15 Write the meaning of each sentence.

wǒ yì bān bù chī zǎo fàn
1) 我一般不吃早飯。

wǒ dì di shàng xiǎo xué
2) 我弟弟上小學。

tā měi tiān dōu zuò dì diě shàng bān
3) 他每天都坐地鐵上班。

yé ye měi tiān dōu shí diǎn shuì jiào
4) 爺爺每天都十點睡覺。

nǎi nai bú huì shuō hàn yǔ
5) 奶奶不會説漢語。

wǒ měi tiān dōu zuò xiào chē shàng xué
6) 我每天都坐校車上學。

tā shì wǒ de tóng xué
7) 他是我的同學。

gē ge bù xǐ huan chī shū cài
8) 哥哥不喜歡吃蔬菜。

dì shí liù kè　　gē ge de ài hào
第十六課 哥哥的愛好

1 Trace the radicals.

` ⟩							
ice ⟩	⟩						

⁊ ⁊ 弓							
bow 弓	弓	弓	弓	弓			

2 Trace the characters.

ノ 人							
rén person 人	人	人	人	人			

一 二 チ 天							
tiān sky 天	天	天	天	天			

3 **Tick what is correct and cross what is incorrect.**

☑	1) jiě jie zài tán gāng qín 姐姐在彈鋼琴。
☐	2) mèi mei zài shuì jiào 妹妹在睡覺。
☐	3) gē ge zài kàn diàn yǐng 哥哥在看電影。
☐	4) dì di zài xǐ zǎo 弟弟在洗澡。
☐	5) mā ma zài shū fáng li 媽媽在書房裏。
☐	6) bà ba zài kè tīng li 爸爸在客廳裏。

4 Connect the matching words.

kàn
1) 看 ———— a) 電影 diàn yǐng

tī
2) 踢 • • b) 鋼琴 gāng qín

tán
3) 彈 • • c) 馬 mǎ

qí
4) 騎 • • d) 足球 zú qiú

zuò
5) 坐 • • e) 地鐵 dì tiě

chī
6) 吃 • • f) 晚飯 wǎn fàn

5 Write the meaning of each word.

1)
diàn shì
電視 ___television___
diàn chē
電車 _____

2)
shuì yī
睡衣 _____
shuì jiào
睡覺 _____

3)
qí mǎ
騎馬 _____
qí chē
騎車 _____

6 Colour in the picture and write the colour words. You may write pinyin if you cannot write characters.

_____

_____

_____

7 Look, read and match. Write the letters.

a	chéng zhī 1) 橙 汁
	xióng māo 2) 熊 貓
	diàn chē 3) 電 車
	shuǐ 4) 水
	xiǎo mù wū 5) 小 木 屋
	guǒ zhī 6) 果 汁
	xīng qī rì 7) 星 期 日
	hóu zi 8) 猴 子
	rì chū 9) 日 出
	dòng wù yuán 10) 動 物 園

a)
f)
b)
g)
c)
h)
d)
i)
e)
j) Sunday

8 Write the numbers in Chinese.

1) 16 ___十六___   2) 21 _____   3) 34 _____

4) 65 _____   5) 79 _____   6) 100 _____

9 **What hobbies do your family members have? Tick the correct boxes.**

wǒ men yì jiā rén de ài hào
我們一家人的愛好

	yé ye 爺爺	nǎi nai 奶奶	bà ba 爸爸	mā ma 媽媽	wǒ 我
1) kàn shū 看書					
2) kàn diàn shì 看電視					
3) kàn diàn yǐng 看電影					
4) huá bīng 滑冰					
5) tán gāng qín 彈鋼琴					

10 **Add a radical to complete each character.**

tī	qiú	huá	bīng	yǐng
1) 易	2) 求	3) 骨	4) 水	5) 景

tán	gāng	zěn	qí	xíng
6) 單	7) 岡	8) 乍	9) 奇	10) 丁

11 **Answer the questions by drawing pictures.**

1) nǐ yǒu shén me ài hào
你有什麼愛好？

2) nǐ de shū bāo li yǒu shén me
你的書包裏有什麼？

3) nǐ de fáng jiān li yǒu shén me
你的房間裏有什麼？

12 Write the characters.

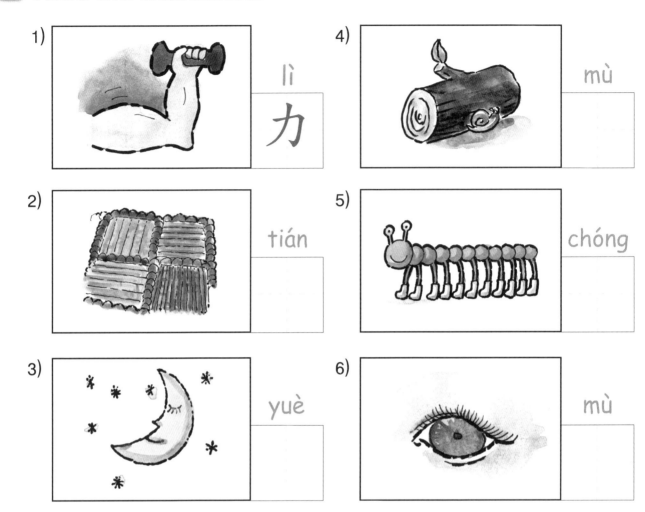

1) lì 力

2) tián

3) yuè

4) mù

5) chóng

6) mù

13 Write the meaning of each sentence.

1)
dì di bú huì tán gāng qín
弟弟不會彈鋼琴。

2)
mèi mei hěn xǐ huan qí mǎ
妹妹很喜歡騎馬。

3)
jiě jie xǐ huan chī miàn bāo
姐姐喜歡吃麵包。

4)
gē ge zài cāo chǎng shang tī zú qiú
哥哥在操場 上踢足球。

5)
mā ma zài cān tīng li chī fàn
媽媽在餐廳裏吃飯。

6)
bà ba yì bān qī diǎn huí jiā
爸爸一般七點回家。

14 Write one sentence about each picture. You may write pinyin if you cannot write characters.

1)

2)

3)

4)

15 Write the characters.

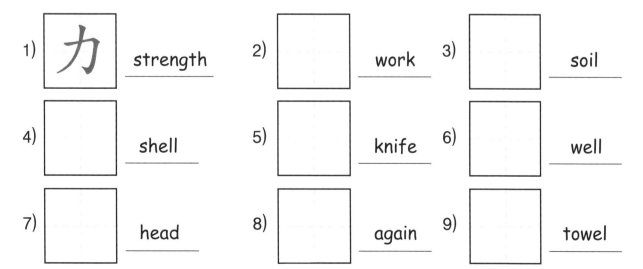

1) 力 strength

2) work

3) soil

4) shell

5) knife

6) well

7) head

8) again

9) towel

16 Trace the characters.

	丶	丨	ㄇ	ㅁ	尸	罗	足	趴	趵	跗	趵	趵	跮	踢	踢
tī kick	踢	踢	踢	踢											

	丶	丨	ㄇ	ㅁ	尸	尸	尺	足							
zú foot	足	足	足	足											

	一	二	三	手	王	王	玎	玗	玏	球	球	球			
qiú ball	球	球	球	球											

	丶	丶	氵	汸	汐	汐	汐	汒	淁	滑	滑				
huá slide	滑	滑	滑	滑											

	丶	冫	汌	汋	冰	冰									
bīng ice	冰	冰	冰	冰											

	一	二	三	手	丢	看	看	看	看						
kàn read; watch	看	看	看	看											

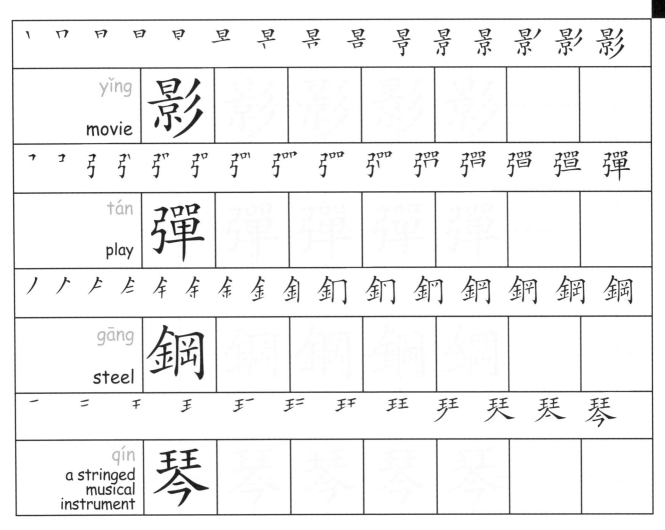

yǐng movie	影						

tán play	彈						

gāng steel	鋼						

qín a stringed musical instrument	琴						

17 Write a sentence about each picture.

1)

2)

_____   _____

詞 匯 表

A

ài	愛	love
àihào	愛好	hobby

B

bǎi	百	hundred
bān	班	class
bàn	半	half
bèi	貝	shell
bié	別	don't
bīng	冰	ice

C

cài	菜	dish
cāo	操	exercise
cāochǎng	操場	sports ground
cháng	常	often
chángcháng	常常	often
chǎng	場	an open place
chǎo	炒	stir-fry
chǎocài	炒菜	stir-fried dish
chǎofàn	炒飯	fried rice
chē	車	vehicle
chéng	橙	orange
chéngsè	橙色	orange
chóng	蟲	insect

chū	出	go or come out
chūshēng	出生	be born
chuán	船	boat

D

dà	大	big
dàxiàng	大象	elephant
dài	帶	take
dàn	蛋	egg
dāo	刀	knife
děng	等	etc.
děngděng	等等	etc.
dì	地	land; ground
dìtiě	地鐵	subway
diǎn	點	o'clock
diànhuà	電話	telephone
diànhuàhàomǎ	電話號碼	telephone number
diànnǎoshì	電腦室	computer room
diànyǐng	電影	movie
dòngwùyuán	動物園	zoo
dòu	豆	bean
dú	讀	read
duō	多	many; much
duōshao	多少	how many; how much

E

ér	兒	a suffix
ěr	耳	ear
ěrduo	耳朵	ear

F

fǎyǔ	法語	French (language)
fàn	飯	meal; cooked rice
fàng	放	let out
fàngxué	放學	school is over
fēn	分	minute
fěn	粉	pink
fěnsè	粉色	pink

G

gāng	鋼	steel
gāngqín	鋼琴	piano
gēn	跟	follow
gōng	工	work
gūgu	姑（姑）	father's sister
guǎn	館	a place for cultural activities
guāngmíng	光明	a shcool name
guó	國	country

H

hánguó	韓國	Republic of Korea
hánguórén	韓國人	Korean (people)
hányǔ	韓語	Korean (language)

hànyǔ	漢語	Chinese (language)
hào	好	be fond of
hào	號	ordinal number; date of a month
hàomǎ	號碼	number
hóu	猴	monkey
hóuzi	猴子	monkey
hǔ	虎	tiger
huāyuán	花園	garden
huá	滑	slide
huábīng	滑冰	ice-skating
huà	話	word; talk
huī	灰	grey
huīsè	灰色	grey
huí	回	return
huíjiā	回家	go or come home
huì	會	can
huǒ	火	fire
huò	或	either; or

J

jī	雞	chicken
jīdàn	雞蛋	eggs
jí	級	grade
jiārén	家人	family member
jiǎo	腳	foot
jiào	教	teach
jiàoshì	教室	classroom
jiào	覺	sleep
jiěmèi	姐妹	sisters

133

jīn	巾	towel
jīn	今	today
jīnnián	今年	this year
jīntiān	今天	today
jīn	金	a surname
jìn	進	enter
jǐng	井	well
jǔ	舉	raise
jǔshǒu	舉手	raise one's hand(s)

K

kàn	看	read; watch
kē	科	subject of study
kēxué	科學	science
kē	顆	a mesure word
kě	可	be worth doing
kě'ài	可愛	cute
kè	刻	quarter (of an hour)
kǒu	口	mouth

L

lái	來	come
lǎohǔ	老虎	tiger
lǐ	禮	ceremony
lǐtáng	禮堂	assembly hall
lì	力	strength
liǎn	臉	face
líng	零	zero
lóu	樓	floor

lù	路	road; street
lǜ	綠	green
lǜsè	綠色	green

M

mǎ	碼	number
měiguó	美國	United States of America
měiguórén	美國人	American (people)
mǐ	米	rice
mǐfàn	米飯	cooked rice
miàn	麵	wheat flour
miànbāo	麵包	bread
mù	木	wood
mù	目	eye

N

nǎ	哪	which; what
nǎr	哪兒	where
nǎguórén	哪國人	what nationality
nà	那	that
nàtiān	那天	that day
nǎi	奶	milk
nǎinai	奶（奶）	father's mother
ne	呢	a particle
nián	年	year
niánjí	年級	grade
niú	牛	ox; cow
niúnǎi	牛奶	milk

P

| pí | 皮 | leather |

Q

qī	期	a period of time
qí	騎	ride
qímǎ	騎馬	ride a horse
qǐ	起	get up
qǐchuáng	起牀	get out of bed
qilai	起來	indicate an upward movement
qín	琴	a stringed musical instrument
qǐng	請	please
qiú	球	ball
qù	去	go

R

rén	人	person
rì	日	day; sun
rìběn	日本	Japan
rìběnrén	日本人	Japanese (people)

S

sānmíngzhì	三明治	sandwich
shàng	上	up; begin work or study at a fix time
shàngbān	上班	go to work
shàngxué	上學	attend school; go to school

shǎo	少	few; little
shé	舌	tongue
shé	蛇	snake
shēng	生	be born
shēngrì	生日	birthday
shī	獅	lion
shīzi	獅子	lion
shí'èryuè	十二月	December
shǒu	手	hand
shūshu	叔（叔）	father's brother
shǔ	屬	be born in the year of (one of the 12 zodiac animals)
shù	數	number
shùxué	數學	maths
shuǐ	水	water
shuì	睡	sleep
shuìjiào	睡覺	sleep
shuō	說	speak
shuōhuà	說話	speak; talk

T

tāmen	他們	they; them
tán	彈	play
tāng	湯	soup
táng	堂	hall
tī	踢	kick
tǐ	體	body
tǐyù	體育	P.E.
tǐyùguǎn	體育館	gymnasium

tiān	天	day; sky
tián	田	field
tiě	鐵	iron
tóng	同	same
tóngxué	同學	schoolmate
tóu	頭	head
tú	圖	picture
túshū	圖書	book
túshūguǎn	圖書館	library
tǔ	土	soil
tù	兔	rabbit

W

wǎn	晚	evening
wǎnfàn	晚飯	dinner
wǔ	午	noon
wǔfàn	午飯	lunch

X

xǐ	洗	wash
xǐzǎo	洗澡	take a bath
xià	下	down
xiàn	現	present
xiànzài	現在	now
xiǎng	想	want; would like
xiàng	象	elephant
xiǎo	小	small
xiǎoběi	小北	a surname
xiǎoxué	小學	primary school

xiǎoxuéshēng	小學生	primary school student
xiàochē	校車	school bus
xīng	星	star
xīngqī	星期	week
xīngqītiān	星期天	Sunday
xíng	行	go
xiōng	兄	elder brother
xiōngdì	兄弟	brothers
xiōngdìjiěmèi	兄弟姐妹	brothers and sisters
xióng	熊	bear
xióngmāo	熊貓	panda
xuéshēng	學生	student

Y

yá	牙	tooth
yán	言	speech
yéye	爺（爺）	father's father
yě	也	also
yī	衣	clothes
yìbān	一般	usually
yìjiārén	一家人	one family
yīngguó	英國	Britain
yīngguórén	英國人	British
yīngyǔ	英語	English (language)
yǐng	影	movie
yǒude	有的	some
yǔ	語	language
yǔyán	語言	language

136

yù	育	educate
yuán	園	garden
yuán	圓	round
yuè	月	month; moon

Z

zài	在	in; on; at
zǎofàn	早飯	breakfast
zǎo	澡	bath
zěnme	怎麼	how
zhàn	站	stand; get up
zhōng	中	middle
zhōngguó	中國	China
zhōngguórén	中國人	Chinese (people)
zhù	住	live
zǐ	紫	purple
zǐsè	紫色	purple
zì	自	self; oneself
zìxíngchē	自行車	bicycle
zōng	棕	brown
zōngsè	棕色	brown
zú	足	foot
zúqiú	足球	football
zuò	坐	sit; travel by (bus, train, plane, etc.)
zuòxia	坐下	sit down

相關教學資源 Related Teaching Resources

歡迎瀏覽網址或掃描二維碼瞭解《輕鬆學漢語》《輕鬆學漢語
(少兒版)》電子課本。

For more details about e-textbook of *Chinese Made Easy,
Chinese Made Easy for Kids*, please visit the website or scan
the QR code below.
http://www.jpchinese.org/ebook